# 遠藤ユナ詩集

遠藤ユナ
Yuna Endo



文芸社

# 遠藤ユナ詩集

寂しくなるな
そう言ってくれた君の言葉は
僕にとって最高のプレゼントでした

黙っていてくれるから
ありがたい
何もしないでいてくれるから
ありがたい
元気をくれるから
ありがたい
ゆっくりと落ち込むことを許してくれるから
ありがたい
僕をちゃんと見ていてくれるから
ありがたい

その言葉を言った瞬間から
君自身が君自身で僕の気持ちをどうにかしようとした
目を背けようとはしなかった

うれしくても
すぐブレーキをかける僕って
かなりのひねくれ者
でもうれしかったことは
ずっとずっと残っているからね

君の表情が怒っているのか哀しんでいるのか
もしかしたらどちらでもないのかもしれないけど
なぜか君に対する感情は
何一つ変わっていない気がする

無視されるより
傷つけられるよりも哀しいことを
君の表情の中にみつけた

嫌いだから
怒っていたのかなあ
どうでもいから
黙っていたのかなあ
僕が何か悪いことをしたから
怒っていたのかなあ
大切だと少しだけ思ってくれたから
黙っていてくれたのかなあ
僕にはよくわからなくて

“だって”
そう言って君が黙った時
どうしてもっと
気をつかってあげられなかったんだろうと
今
すごく後悔している

僕が忘れそうな楽しかったことは
忘れてしまうだけのものだったのかなあ

ずっとずっと待っていたのに
ずっとずっと探していたのに
いざ目の前にあらわれると
足がすくんで
今にもあふれだしそうなよろこびと
そうでない現実との狭間で息がつまりそうだ

いつもいつもかわらないでいてくれて
うれしいです

そういえば
君を見ていて
君が優越感に浸っていると
感じたことはなかったなあ

やっぱりどうしても
僕は君のきつい言葉を
そのまま受け入れようとは思わない

君に気持ちを拾ってもらった分だけ
君に対しては
やっぱりとかどうしてもとかの言葉が
いつも思い浮かんで

後悔することを知っていても
やっぱりそうしたいと思ったらやったほうがいい

怒った表情のあとに
僕に見せた君の表情はふりむこうともしない僕を
ふりむかせるだけの思いがあった気がする

そこまでしなくても
と思う反面
やっぱり僕でもそうすると納得したりして
君と同じくらい僕も矛盾しているんだね

予定されていたことは
何一つ
その通りにはならなかったけど
僕がもらった番号
君が引いた番号
そして僕の隣は君でした

この素敵な出会いが
幻なら
楽なのになあ……

君の一言がずっと僕の心に残るのは
君という人が
ずっと僕の心に残る存在だからです

素直になれれば
こんな楽なことはない
いやだ
と言えれば
こんなに救われることはない
たすけて
と言えれば
こんなに君に感謝できることはない
ありがとう
と言えれば……

こんな素敵な時間はない
君がちかくにいてくれて僕はそのあいだ
何もせず
何も考えないでボーとしている
何にもかえられないひとときだ

その言葉をもった君が
ちゃんとその後のこととむきあえるから
そのあと
僕の君への気持ちが続くんだ

君は理想と現実の狭間で苦しみ
僕は意地と弱気の狭間で哀しむ

絶対に
絶対に
変わらないでください
変わることは嫌です

うれしいと思う君の言葉には
たくさんのやさしい行間がある

たしかに
その時代の君に
僕の揺らぐ気持ちを支えてもらった
それは確かな事実だ

もしも君が自分の嫌なところから目を背けるばかりか
そのことを開き直るようじゃ君が素敵だと思う僕は
きっと見る目がないのだろう

理由なんてわからない
ただ君の表情だけは信じてみようと思う

雨宿り
心もついでに雨宿り

魅力的だから
そんな理由で大切にしたいのなら
素敵なのにね

もういやだと思うけど
今すぐこの場から逃げたいと思うけど
何一つ君の本音を聞くことなくそんなことをしたら
僕は絶対
君に会ったことを後悔する

今度
会えた時に何て言えるかな
今度会えた時に
何て言ってくれるかな
それとも何も言ってもらえないのかな

君への感謝の気持ちがあるならば
僕の笑顔の価値は
たしかそこにあるだろう

魅惑的な君に惹かれる僕の心は
君の魅惑以上に複雑で

このうれしさに呼応する寂しさを
僕は何よりもおそれている

本音はときどき
とんでもない暴走をする

後悔をつくれば
あきらめられるのかなあ

気持ちがいいくらいに
うらぎってくれる君に感謝

君がいてくれてよかった
君と会話ができてよかった
君が隣にいてくれてよかった
君と一緒に時間を過ごせてよかった
君の隣を歩けてよかった
君と食事ができてよかった
会えてよかった

君に会ってからの僕はずっと
まるで鏡にうつしだされた
ただただうれしそうに笑う
もう一人の僕と一緒に歩いている
そんな心地よい時間を過ごせた

君にとって後悔とは
無理と背負って
とことん苦しむ
そんな存在に見える

この出会いが
どうして今なんだろう
今だからちゃんと考えなくちゃいけないのかなあ

どっちがきついんだろう
無理に嫌うことと素直になること

神様
もしあなたがこの世界のどこかにいるのなら
人との別れに対して
何も感じられなくなった僕という人間が
せめて出会えてうれしかったと思えた
その君との別れの時にその君に素直に“ありがとう”
と言えますように
たくさんたくさん
その別れを哀しみ
後悔できますように
見届けていただけないでしょうか

僕は君が怒っているのか
笑っているのか
その区別さえもつかなくなったのか

これでよかったのかなあ
これでよかったんだよね
これしかなかったのかなあ
どうすればよかったんだろう
何で僕はこんなに迷っているのかなあ

こんな僕が
こんなひねくれ者の僕が
ふかぶかと頭をさげて感謝できた君という存在に
心から感謝します
ありがとうございました

“きつい”と思った時
“それでも”と思わせた“君”が何よりすごかった

悔いが残ることをおそれるのではなく
今をどうたのしむか
あの時の君はそんなことを考えていたのかなあ

僕たちは平行であったけれど
並行になることも
平衡であることもなかった

やっぱり君は幻だったみたい
たのしすぎたし
うれしすぎたし
きっと僕は
誰も見ることのない夢を見ていたのだろう

とりとめのない話をする日常
こんなあたりまえのことが
本当は一番難しいのかなと君に会わなくなった今
すごく思う

本当に強く思うことって
言葉にはしないのかなあ

君は僕に
誰かが隣にいてくれることが
幸せなことなんだと教えてくれた
僕は君に
どんなことがあっても
どんなに壊れそうでも
ぐっとこらえる
強さと寂しさを見せた

やっぱりどうしても
僕には君が怒っているようには見えなくて……

たまには楽しいこともあるんだから
そのことを忘れるなよ

そこに君がいないのも寂しいけど
いないことをすぐに認めてしまう自分はもっと寂しい

君のその言葉は
むしろ向きあうためにわざと……
そんな気がしてしょうがない

頭の中にあるごちゃごちゃも自分で吹き飛ばせる君は
すごい人です

どうしてなんだろう
いつもはあきらめることになれていて
今度もそうだと思っていた
でも
なぜか君の表情は僕をひきとめる

あの最後の１ヵ月の君は
今僕が感じている寂しさを見透かしているようだ

何かした
おれ？
ずっとききたかったそのことを
君が僕でない他の誰かに言っているのを聞いた時
なぜか僕が言われているようで
なぜか僕が問われているようで

ごめんなさい
いつもいつも
うれしそうに笑っていた君の表情を曇らせたのは
やっぱり僕だと思う残念だけど
それまでだろうな

あたりなのか
はずれなのか
どっちかわからないなんてしあわせじゃない？

たった一つの“迷”に振りまわされるより
たった一つの“素敵”に振りまわされるほうが
難しいぶんだけ
素敵なのです

君に会ってかわったこと
それが前よりも哀しい表情をすることじゃ
あのたのしかった日々は何だったのか

君はどうして無理をしてでも
気持ちを潰してでも
意地をはるのだろう
でもやっぱり一番きついのは誰よりも
君だと思う

泣きたいけど泣けない
泣いたらいけない気がする
だって泣いたら……たくさん泣いたら……
泣きやんだその瞬間
もういいやって思ってしまいそうだから
こんなにがんばって考えているのに
もういいやという目的地はいやだから

僕は理性より感性が優位になると
君を傷つけるらしい

君を見ていると
たくさんたくさん悩んだり
たくさんたくさん落ち込んだりすること
それって
自分の気持ちであったり
誰かの気持ちを
がんばって考えている事だと思う

やっと答えがだせると思ったけど
やっぱり無理なのかなあ

立ち止まることとか
やり直すこととか違う道を選ぶということは
決して逃げることじゃなくて
こんな味方も君にはいるんだっていう
ことじゃないのかな

信じられない出来事を信じられない時
僕は僕の気持ちだけでなく
君の心をも潰していたんだ
それも
大切なはずの君の心を

好きなものはないくせに
嫌いなものはわかる
そんなの笑っちゃうぜ

嘘をつくことで
自分をひきとめることだってある

一瞬でも一年でも百年でも
その時間には必ず別れがあるのだから……

あの時振り返って
その表情を見ていたら
君に対する気持ちの何かが変わっていたのかな

その言葉をくみとれなかったのは僕のせい？
それとも相性がないだけなのかなあ？

足元の風景も悪くないけど
目の前の風景もなかなかいいもんだなあ
そんな事を強く思った一日でした

消去法や選択法でないところに
本当の気持ちがある気がした

その言葉
何度繰り返しても
それは空想でしかなくて……
受けとる君がいて
はじめてその姿を見ることができた

再会
それは気持ちも思い出も
突風のようにあらわれて
僕をはっとさせる

いいところだけを見たって
たまには
いいと思うのだけれど

気持ちをくみとれないなら
意味がない

そこにとり残された君は
とり残された僕の心のように
寂しそうだった

その先を見ること
それは臆病になることかもしれない

物事を見極める
何と難しいことだろう
その見極めで
君を傷つけないように
僕を失わないように

人生とは
あきらめの連続である
でもその中の一つでもあきらめずにがんばれば素直に
喜ぶことができるかもしれない

この寂しさを修正するのに
寂しさを経験した倍の時間がかかるのなら
僕の人生
それでおわっちゃう

君は他の人と同じなんかじゃない

せめて
その理由さえわかれば
どうすればいいか考えられるのだが

人は我慢しようと
気持ちをのみこむ瞬間がある
それを見つけられるかどうかが
信頼関係の証なのかな

どうしてこうも
からまわりばかり続くのだろう

今さら無理でしょう
君に関する当たり前をかえるのは

出会ったその日から
君が歩いている光景を見ることが
僕の当たり前の日常になった

“どうしても”のあとの偶然は
ただただうれしいね

素敵と思える風景に出会えたら
その意味を見つけなきゃ
失礼になる

ためされていると感じたらそれが
あなたが好意をもつ人であるならば
何が何でもがんばらなくちゃ
きらわれちゃう

目の前の事実に対して
自分でどうにかしようとする一途さと
誰かにたすけてもらおうと声をかける勇気と
どっちが素敵なのですか？

ちょっとまわり道でもしようかな
そんな気持ちにさせてくれる君の存在は悪くない

“ありがとう” と言えないなら
この出会いに
いったい何の意味があるのか？

舞台にあがらなくても
こんなにかっこいいことができるもんだなあと
すごく感じた

お願いだから
消えないでください
どうか
どうか
いつまでも
僕の気持ちとしてそこに居続けてください

いくつもの表情を着こなして
今を生きる君の本心が見えてこない

壊れそうな気持ちと
ここでこらえなきゃいけない気持ちと
そんな気持ちで一杯という表情をした君でした

哀しみをこらえる強さをもつ弱さより
素直になれる弱さをもてる強さをください

もしも僕だったら……
そう思った時
思い浮かぶ理由がどうしても認められなくて……

誰か教えてください
絶ち切ることじゃなくて
目を背けることじゃなくて
もう一つのやさしさを

いっぱい悩んでも
いっぱい哀しんでも
その相手が君でよかったと思えたら
救われる気がする

出会いは偶然でも
感情は必然である

たまにはいいね
こんな素敵なことも

あれは本音か故意か
それとも……
答えをだすには
まだはやいんじゃない？

あまりに続いて起こると
いさぎがいい

その一瞬が、その一日が、その数日が
どんな長い時間という事実をも超えるんだなあ
と思った一日でした

“うらやましいな” って
思っているくらいが丁度いい

ため息のその次には
深呼吸して
姿勢を正す君であれ

“ストッパー” それは君自身でなくちゃいけない
けど
君の言葉をうれしく思える僕には
２つの “ストッパー” がある

“だって”とか“それでも”より
その場で深呼吸しないと
僕は絶対に後悔する

時々
その顔を見せて
僕をはっとさせる君の存在よ
君が僕の理性であり続けることを願って……

白か黒か
善か悪か
答えをせまられる昨今
でもそう問いかける自分が一番迷っている

目の前の事実は自分の気持ちを教えてくれる
時間の経過は他人の気持ちを教えてくれる

ちゃんと見なきゃ
つじつまがあわなくなる

波紋
その理由の先は
むしろ静かなもので

その行動、その言葉
いつかみたあの人に似ていませんか？

“言葉・行動”は印象深いけど
やっぱり一番正直なのは表情

やさしいと思うのは
その言葉じゃなくて
その気持ち

そこに“うれしい”があるかもしれない
と思えたなら
もうちょっとだけ
前を向いててもいいんじゃないかな

“たすけて” とすごく思うけど
いったい誰にたすけを求めればいいのか
まるでわからない

そうでないことよりも
そうでないことに気がつかないことや
認められないことのほうが僕にとって重大だ

今までの僕がしなかったことをやるってことは
それだけの理由があるっていうことだし
それだけ強い意志があるっていうことなんだ
今の僕にはそれがあるのかなあでも
今の僕は
あきらかにためされている

気をつかうとは何だ
少なくとも
目の前にいる人はそのつもりでいるらしい

多くを望んでいないはずなのに
結局は多くを望んでいるみたいで

僕はずっと
自分はその舞台の様子を見ている観客だと思っていた
でも本当は
僕がその舞台の主役だったんだ

何も考えなきゃ“かわる”なんてことは
たいしたことじゃない
“かわりたい”と思った時
かわることの代償を
考えている自分がいるのなら
“かわる”なんて大仕事
できるわけがない

僕はどうしてこんなにも
目に見えないものにふりまわされているのだろう

それを見ていたはずが
いつのまにか違うところに興味がそそがれ
最初に見ていたものが
いったい何だったのか？

もし
どうしても
その道を歩きたくないのなら
どうしても
手に入れられないものがあることを
わからなくちゃいけない

虚しいのは成果が見えないから？
充実を感じないから？
それとも
そのもの自体
向き合うものじゃなかったからなの？

視点がかわれば思いもかわる
なんてよく言うけど
僕がかわっても君がかわらなきゃね

心に響くその言葉を言われた時
次に何かを思いついて行動するまでの時間が
君の価値観のすべてである

僕の人生には一言で幕があがることもあれば
一言で幕がとじることもあるんだ
今日そして
幕が一つ閉じた

心地よさも
緊張も
なくなると寂しいけど
心地よさを感じたことはずっと残るといいな

強がりか
勢いか
本音か
その答えは１０年後の君の姿にある

立ち止まる僕のとなりにいつも
やさしい気持ちがあればいいのになあ

君がすべきこと
それは
できることとできないことを見極めることである
難しいけどね

その一言で
事実と感情がめちゃくちゃになっても
そこにある君への感謝を忘れないように

時という名の君へ
何もせず
何も言わず
ただそこにいて
ありがたいね
それが時々
かなり酷であると思うこともあるけど

なりたい自分になれないのは
自分のせい？
それとも他人への遠慮？

いつもいつも同じことをしていると
気持ちをいれたいその時になっても
どうすればいいのやら……

いつかがいつかあるのなら
こんなに迷わなくてもいい気がするのだが……

これからも
そしてその先も続くのなら
どんなことよりも
うれしかった君の一言を
大切にできることを“プライド”にしたい

一度言って気がすまないなら
もう一度
さらにもう一度言ったからといって
気がすむわけがない

ある一言で“嫌だな”と思ったら
違う一言で“いいね”と思わなければ
せっかくの沈む気持ちも無駄になる

非日常をすごしたあなたの前で
僕は立ちすくむことしかできなかった

一番うれしいと思うのは
何よりもやさしいと思える気持ちが
そこにあるからです
一番哀しいと思うのは
行動より言葉より何より気持ちがそこにないことです

わからなくもないが
わかりたくない気もする

その時間の長さを知っているのなら
たとえ他の人にどう言われようと
自分がやってみたかったことを
やるべきなんじゃないかと思う

一生懸命
考えたはずの僕だったけど
どうしても聞いてみたい
“こんな時
君だったらどうするの？”と

どうして君の“ごめん”が届かなかったのかな？

術は何一つない
そんな君には
捨ててきた術など
何一つ思いつくわけもなく

遠まわりしてでも
目的地にたどり着ければいいのだが……

最近
我慢ばかりだなと思ったら
ホッと息をついてください

僕は
夢にも思わなかった……
だから今
目の前でその信じられない出来事がおこっても
僕は心のどこかで
いや
僕という人間全部で
これは夢だと言い聞かせている

いなくてわかる
その人に存在価値
いなくなってもわからないその人の存在価値

その道をまっすぐすすむ僕は
ただひたすらすすむだろう
そのまがりかどをまがった僕は
少し休憩するだろう
その場所でたちどまった僕は
君の笑顔を見ることができるだろう

我慢をしていれば
たまには救われることだってある
今日
ある人の笑顔を見て
そんな気がした

君は悲劇のヒロイン
ところで僕は何をすればいいの？
何も知らない僕が同情したら満足？

誰かとめてくれ
それを求めるべき人は
誰かが選ぶものじゃなく君が選ぶものだから

言葉に傷つく人ほど
言葉をあやつっているつもりらしい
でも本当は
その正体を知らないどころか……

時間が積み重ねたもの
それをどうにかしようなんて無理なこと？

あの時
おもいきり僕の気持ちを踏み躙り
そのことを認めようとしなかった君
そのすがすがしさに
初めて言葉を失った

拍車に拍車を掛けたら
傷つきすぎた君と僕の心だけが
いつまでも
そこからはなれることができなくなって

どうして僕がこの道を歩くことで
責められるのだ

時間がたったから気持ちがかわったのではなく
その途中で
何か思うことがあったからかわったのだ

“まさか僕にかぎって”と言う前に
よく考えたほうがいい
その僕が
その“まさか”になっていることがよくあるから

何度も何度も同じ言葉をくりかえし
僕に訴える君を見ているとなぜか
一生懸命その言葉を君自身が君自身に
言い聞かせているようにしか見えなかった

自分が何をしたらいいのかわからない
そんな君がしたことは
関係ない僕をまきこむことだった

目の前で何かが崩れ落ちる
でも
そのことを認めようとしない君をたすけようなんて
微塵も思わない

君に気持ちを踏まれたら
ぐっと息を呑んで
君のことを忘れよう
君に気持ちをくみとってもらえたら
うれしかった分だけ君に感謝しよう

わからないからいいのではなく
見えてないだけです

昨日とかわらないと思う今日なら
ずっと記憶に残るその一瞬で
僕は充分だ

君がうれしいのはその光景?
それとも君自身？

結果より理由なんてと思っていたけど
ちがうみたい

いつのまにか
寂しさと無力さにまぎれて
表情が乏しくなり
いつのまにか
僕の口からでる言葉も
決まりきった言葉のくりかえしになった

今までの我慢が
“まあいいか”と思えた時
それが君に会えた意味なのかなとちょっと思った

理性の欠片もなく投げた石が
まさか自分にあたるとは思いもよらなくて……

もう
どんな事実も見ることのできないあの人は
迷うことのない信念と自信で満ちている

そんな言葉を言わせた君には
もう何一つ思うことはない

どんな形であれ
自信があるうちは
人の心なんてつかめない

タイミング
はずすと人生逸れていく

いったい誰が悪いのやら
知らぬ顔で該当者が素通りしていく

目に見えないものを信じられない人ほど
目に見えないものを欲しがる
目に見える事実を認められる人は
目に見えないものを大切にする

時々
相反する言葉のくせに同じことを意味している
なんてことがある
僕の行動のように……

目の前の出来事
その君の解釈は誰にとって都合がいいの？

大切なものは
ちゃんと蓋を閉じて
しまっておこう

人ってそんなにずっと
緊張していられるものじゃない
だから
誰かに対して気が向いているのなら
自分のことが見えなくなるのはあたりまえなんだ
大切なのは
そのことを忘れないことなんだ

誰かが僕をひきとめた
でも僕はその足をとめなかった
それって悪いことかなあ

ほんの一瞬で
ほんの一言で表現できる事実を
僕は未だにできないでいる

悲しい
悲しすぎる
そんな相手を傷つける言葉ばかりをならべて
何をもって自分が正しい
勝れていると満足しているのか
いやなぜできるのだ
僕にはただその相手がうらやましくて
そうとしか思えなくて

嫌いなものはわかるのに
好きなものがわからないとは
とても残念です

舞台において主役と脇役は
こんなにもちがうものなのか？

残念だけど
嫌なところなら
何もしなくてもよく見えるから

自分の行動が
批判しているその人と
その時本当は一緒であることに気がつかないようじゃ
おわりだな

自信がないとか
不安だとか
そんなのないみたい
だってどう見たって
自信があるんだもの

波紋もひろがりすぎると
誰の手にもおえなくなる

ふと
歩いてきた道のりを見た時に
何てことをしたんだと思うことがある

その道の続きは
今日という時間がある続きである

時間が解決してくれるものがもしあるのなら

主役になったとたん
君はまるで別人になって……

比較されることは
一番はじめのため息の原因だ

自分が虚しいつもりだったけど
いつのまにか彼のほうが虚しく見えた

大勢の人の言うことは何て楽なんだ
その常識の中にいれば
その中で何気ない顔をしていれば
何をされることも
何を言われることもないでも
本当はそれって
何もかも
消しゴムで消したあとのように
自分を傷つけているだけなんだ

もちあげられることでしか
見いだせない人生がある

立場が逆転しても
耐えられますか

その溜息も
飲みこんだ気持ちも
今度出会った時に
君なら何て声をかける？

無理にねじまげても
無理に押し込んでも
君じゃない誰かが我慢をしているだけです

賛同できない弱さのその先には
どうすることもできない孤独がまっている

すごい
何であんなに自信があるんだ
何で迷わないんだ

君は言葉さえ遮れば
行動も遮れて満足と思っているみたい
でも一番大事な気持ちは無理だね

一途に歩いたら
途中でこけた

何かをして罪をつくることもあれば
何もしないで罪をつくることもある

人の心も
自分の心も見えない人のやることって
誰かの面倒を見ているようで
本当はその誰かの行動をさえぎっているだけなんだ

言葉には
顔の表情と同じくらいの数の表情がある

そんな言葉
言わせたのは誰？

他の誰かが言うわけでもなく
ただ僕が思うこと
それは“君は素敵だね”

ごまかそうとした気持ちって
まさに置き場所にこまった
おみやげみたい
どうしようもない

忘れてしまう感謝なんて
むなしいだけさ

いくら泣いたって
何かがかわるわけじゃない

“もういいや”と思う自分に
久しぶりにあきた

たまにおこるいいことの代償は
結構きついなあ

君のことばかり考えて
でも答えどころか何も思いうかばなくて

きっと時間が解決してくれるものなんて何もない
ただ時間がたつことで
なくなるものがあるだけだ

ボロボロの時は
動かないほうがいい

やっぱりうれしいことは疲れるね
なにより現実との
ちがいすぎる違いが

目の前にその人がいるのに
その前を横切る人と
その人がくるのを最後まで信じて待つ人と
それぞれですな

ちょっと違うだけでも結構違う
なんてこと
わかってはいるんだけど

その誰かの気を引くために
その誰かの言葉に対して反対の意見を言ってみる
それが
とんでもないことだろうと
支離滅裂であろうとそうだと信じてうたがわない
相手に気を使っているという
信念のもとにはじまったことなんだ
ただそれだけのことなんだ
だけどいつのまにか
会話をする手段がそれしかなくなってしまって……

トラブルを
さらなるトラブルにしているのは誰だ

寂しさは
重ねれば重ねるほど
うしなうものはふえるだけで……

何度考えてもわからない
思いうかぶいくつもの言葉を書いても書いても
答えが見つからなくて

違うことって
そんなにすごいことかなあ
違うことってそんなに大事かなあ
違わなきゃいけないのかなあ

僕が君にしたことは
緊張させたことだけだった

もしも
これが嘘であったとしても
何かがかわるとは思えなくて

僕はいったい
何でこんなにこの言葉に
こまっているのだろう

そこに
どんな気持ちがあろうとも
その人にとっては
目に映る事実がすべてだった

その行動は
誰に対する思いやりですか？

何の理由かわからないけど
勝手な判断で伝えてもらえなかった事
ある日それが目の前に突然あらわれて
“知らなかったのか”と僕をまどわせる

なぜに黙っていられない
なぜに攻撃するのか
なぜ
自分の規範におさめようとするのか
もっと大切なことがあるだろう
その目の前の相手が本当に大切な人なら

むなしい
なんとむなしい
なぜに
その人は他人とくらべることでしか生きられないのか

時間が解決してくれるのは
過ごす時間の長さが短くなることだけだ

僕が見たその人の別れ顔は
日常の顔と何一つかわらなかった
その人は僕のすべてを否定した

君の今の選択
消去法ですか？

どうしても
何かの方法で記録しておきたいことと
何の痕跡もないけど
心のどこかに残るんだろうなと思うことが
きっと僕にとって
本当に大切にできる思い出なんだろうな

その事実
気がつかないほうがいい
気がついたところで
どうしようもできないし
それどころか
むしろ
自分を見失うばかりでなく
他人をも傷つけるだけだ

どうしようもないものほど
中途半端になって
だからこそ
一貫しているものまで
まき込まれちゃって……

本当はそれで心が晴れるはずだったのに……
それどころか
余計にわからなくなって
いったい自分はどうしたいのやら
そして
今でもその人は迷い続けている

僕にはすべてが嘘くさい
君が自信でみちあふれていることも
何にも迷わないことも
そのことから
まったくぬけだせない

どこか一つに中途半端があると
それがどうしようもないものだと

何だ
この光景は
今までとはまるでちがう風景を何の迷いもなく
自信にみちた顔で
他人がかえていく

隣の誰かが知らないことを知っているくらいで
自信がもてるなら
自信の塊ができちゃう

僕の誇りが
誰かの埃になりませんように

本音がその姿を見せる瞬間
それはどんな時だろう
ふと見せた
寂しい表情の時なのかな
それとも
いっぱいの言葉のあとなのかなあ

ここでしか生きていけない人
ここで生きようと決めた人
ここから去ろうと決めた人
去りたくてもここから去れない人
人生における日常の何気なさがこの場所にある人
今日も昨日も明日も
かわらない日々をすごす人
これがここで僕が見た人たちです

予想のつかないことが
ありえないことなら
この世にありえないことなんて
ない気がする

そんなに他人のことばかり見て
そんなに何にでもかりかりしていたら
あちゃそんな顔になっちゃって
これはまさに悲惨だわ

気持ちも行動も一貫していたはずなのに
唯一であり
一番大切な時間が
中途半端だったことがくやしい
でも本当は時間だけが
一貫していたものだったんだろうな

自信のちがいか
気持ちのもちかたのちがいか
はたまた価値観のちがいだけなのか
それにしてもちょっとね
もうちょっと相手の気持ちを見ようよ

うらやましいことが
その行動の理由ならば
そのことで誰かを傷つけてはいけないはずだ

僕は他の人といると
目の前の光景がうれしいことなのかさえ
わからなくなる

誰かに言われて
ちょっとそのかどをまがってみたけど
所詮は
その気なんてまるでなくて
だから目の前に広がる風景がいい風景だと言われても
そうとは思わなくて

どうしてもなんてありえない
いつかなんてありえない

こんなにも
悲しい気持ちや寂しい気持ちは人をかえるのに
うれしいことやたのしいことが
人をかえられないなんてくやしいじゃない？

遠くで誰かに声をかける君がいる
残念だけどその相手は僕じゃない

たしかに分岐点だとは思うのだけれど
いったいここは
たどり着いた場所なのか？
それともはじまる場所なのか？

この謎だけは
解いてみたいものだ

我慢をすれば
もっと我慢できるようになるのかなあ

なぜに言えないその一言が
なぜに言ってしまう
その一言を

あれは夢だったのかなあ
幻だったのかなあ
でも今の僕には
たのしかった思い出として
思い出せなくて

僕はへこたれたのかなあ
それともやる気をうしなっただけなのかなあ

大切にしなくちゃいけないものは何か
もういない君が
僕の生きてきた中で素敵だったという事実か

どうして悲しみも
うれしさも
それがその光景か
自分自身の感情なのか
わからなくなっちゃうんだろう

物事は少なくても
２つの表情があるから価値があるんだ

もしもと思うなら
それはうれしいことじゃなきゃ
いやだな

君が言った言葉を一生懸命思い出しても
思い出せることはすくなくて……

君は楽しかったことさえも
寂しさでかき消そうとしている

事実の９割は
こんなもんだよ

風景は人を変えるよね

たまには波にのまれても
いい気がするのだが……

我慢も
疲れも
ほどほどに

こんなにも
時間の長さが酷だとは

その他の人の隣にいると
僕には非常口の光が
どうしても救いの光にしか見えなくて

いくらがんばっても
時がつくりだしたものを
超えることってできないのかなあ

遠くから見ても
近くから見ても
やっぱり寂しそうな君の表情

その一言が言えなのは
受けとる僕のせいなのかなあ

もし自信にみちた人が迷ったら
その迷いこそまさに底無し沼だ

歩くたびに
その目的に行くたびに
君の寂しそうな表情だけは見たくないと
いつもびくびくしていた僕でした

言葉の数が少ない分だけ
君の言葉は本当に重い

君に本音を言われると
それがどんな言葉であっても結構うれしい

自分を傷つけようとする君は
誰よりも人の感情を大切にする人です

常識は人によってちがう
価値観もちがう
目の前の人がかわるだけでもちがう
でもその時
目の前にした相手に
ホッとしたものを感じられたら
最高だね

この寂しさが僕をかえてしまうのか
もしかわってしまうなら
それこそ僕の人生における君の存在は
無意味どころかなくなってしまう気がする

あとどれだけ
君の本音を聞くことができるのだろう

君を探している
いるはずのない君を探している僕がいる
でも今の僕には
それがすべて
今の僕には他に
君の存在を忘れないでいる方法がみあたらないから

“振り返る”それだけでも
ものすごく勇気が必要な時がある

君への感謝の気持ちがなくなった瞬間から
僕の笑顔の価値もなくなる

どんな理由であれ
言葉をかわさなかったことで僕らの勝手な勘違いで
終りの時間をむかえたのだ

そんなつもりじゃなかったのに……
それが思いもよらない方にすすんでいって……
これもこの人の実力かもね

その価値は時間の長さじゃないのかもしれないけど
この出会いと別れを前に
僕がそのことを納得するまで時間がかかりそうだ

いつもいつも
きついほうへ行く僕は
そのほうが楽だからそうしてきた
そして今回も
また迷わずその道を選ぶはずだったのに……

空回りでも思い込みでも
満足しているならいいが
ちょっと気になるからって絡まれるのは迷惑だよ

そんなにかりかりしなくちゃいけないのかなあ

誰かが言ったからとか
これがあたりまえだからだとかじゃなくて
時々
本能に身をまかせるのも悪くない

誰だって
人の前なら表情をつくるさ
それもいろいろな表情を
問題はそのつくる表情が
一つになってしまうことじゃないのかなあ

時間の長さに負けたから
あんな風になったのかなあ
それともはじめから何もかわっていないのかなあ

普通とかわらない日常なのに
その人の言葉はいつも僕に
ため息をつかせるだけだった

言ってもらえることはありがたい
言ってもらえないのは残念なこと
よく言われるこんなことさえも
僕にはどうも実感がわかなくて

その舞台に立っている間
僕はずっとわらっていなければいけないんだ

人を見ない人に
誠意になんて
あるわけがない

たまにはうれしいことがうれしくなくなっても
笑っていないと
笑い方を忘れちゃうよ

自分が主役でなくなった時
その人は突然現実を客観的に見るようになった

せきとめる小石の一つもなく
流れこんできた言葉の数々
その流れのあとに何事もなかったように
僕に何かを求める君
なぜかこれが僕によくある日常の光景だ

空回りでも
まわり続ければ
いつかは何かにからまるのかなあ

幸せなはずだったのに
そのはずだったのに
ふと他人を見ると不安になってしまう
日常なんてそんなことのくりかえしなのかなあ

君の言葉と行動は
僕にかしこまってさえいればいいかと思わせた

いつでもできることがあるのなら
その時を超えたら
できなくなることだってあると思う

僕の言ったことが違ったようだ
それも明らかに
そして僕がとった行動は
自分が正しいと証明するために
とことん観察して自分の正当性を見つけることだった

きつい言葉
それは程度の差があっても
誰にでもわかること
一人でいる時
そのきつい言葉がどんな言葉か考えた方がいい
誰かを目の前にした時
その時
ふと口にした言葉が
そのきつい言葉であると気がつけるように
その時に気がついてたちどまれるように
また言ってしまったことを後悔できますように
自分の言葉が
きつい言葉の連続になりませんように

さわって潰すくらいなら
はじめからさわらないほうがいいと思うのだけど

その言葉
薬といっしょさ
効果がないものを言ったところで
何の意味もない
ちゃんと事前に確認しないとね

権力と時間の長ささえあれば
こわいものなんて何もないさ

自信があるなら
余裕があるなら
もっと言葉に余裕をもてよ
言葉でせめて勝った気になるなんて
なさけない

残念に思うことは
その光景よりも
それを見た僕の感想なのかな

慣れるということはそれだけ
まったく違うものに対して
敏感になってしまうということなのでしょうか

何度もたすけてという君
だけど何度その言葉を聞いても
僕は何かをしようとは思わない

違うからって何なんだよ
自分が同じことをされたら嫌なくせに
そんなことにも気がつかないなんて
いや
そんなことだから気がつかないんだな

いつでもどこでも残念なことは
わけもなく
どこからあふれる“ちから”とともに
かなわないことのはけ口として
どんどん大きくなって
そして頑な人格として僕の心にべったりとくっついて
はなれないそれがあること

舞台に立っているはずの相手役が
立っていてほしいその相手役が
そこにいてあたりまえだと思っていた相手役が
いつのまにか
ため息をついて去っていったことに
その人は気がつかなかった

かしこまらずにいられるのなら
こんなに楽なことはないが
状況によっては
かしこまったほうが楽なことだってあるんだ

今抜け殻の僕が君に感謝できるものがあるのなら
こんなどうでもいいことを目の前にしている今
そのことにまったく心をうばわれないことかな

本当に状況が見えているのなら
そこにいる人の気持ちも見えるはずだが

時間の長さがプライドなら
目に見えるものがプライドなら
目に見えないものには
かなわないんだろうな

再会しても
ちっともうれしくない
まあもともとあまり好きじゃなかったんだな

正直であることと
それを口に出すことは
まったく別だから

その事実
気がつかなかったんだな
見えなかったんだな
教えてもらえなかったんだな
気がつかせてもらえなかったんだな

違うことはわかっても
何が正解なのかはわからないらしい
わからなくなっちゃたんだな
何もかも

時間を重ねれば
確かに何かは重くなる

その人に会ったことで
自分の中の何かがばたばた崩れ落ちる
そんなことはめったにない
たいがいはじめから崩れていたのだ

だってそうじゃない
うれしくないのに
わらえるなんて
やっぱりへんだよ

見るべきものを見ないのに
その感想はまるですべてを見たように……

都合のいいことばかり自分の前にならべると
いつのまにか
都合が悪いと思うことしか
目の前にならばなくなった

周囲のため息まじりの視線を受けながらも
それに気がつかなかったその人の表情は
周囲の人たちよりも
ため息であふれていた

よくもこんなに
ため息ばかりでるものだ

笑っちゃうほど自分の失敗には温厚で

大丈夫さ
すべては気まぐれだから

僕らは情報を得る時に立ち止まるべきなのに
感想のときばかり立ち止まる

他の人からはどう見えているんだろう
やっぱりひどい光景なのかな
でも僕には
よくある光景すぎて
ひっかかる何かさえない

その人のことばかり気になる
それはその人のことがすごく好きなのか
それとも
その人のことがうらやましいのに
そのことを認められないのか
それとも……

感謝の気持ちは
もらった分もてるのじゃなくて
そう思えた分だけ
もてるのです

その行動に何のためらいもないのなら
もう歩くべき道は一つしかない

潰されたのは
その事実じゃなくて
それを認められないその人の意地

本当に悲しいのむこうに
うれしい何かがあるのなら
たくさんたくさん泣くのになあ

立ち止まれず
振りむけないのなら
中途半端なことはするな

まわり続けているその歯車に
いつもどこからともなく突風が吹いてくる

プライドとそれと一緒にある勘違いさえあれば
たいていの人はなんとかなる

夢中で走ってきたけど
僕が求めていたものはこれだったのだろうか？

言葉とは
じっくり落ち込むためのもの
いつかあった出来事の時
自分がどれだけ何ができたかを思い出しへこむのです
都合のいいことばかりならべるのではなく
くやしかったこともむなしかったことも全部まとめて
引き受けるのです
言葉とは
世界をかえるものそしてその言葉は
いやなことをすべて吹き飛ばしその言葉をうれしいと
思えた僕でたくさんたくさんよろこぶのです
あることを
そうしたらいつかこまった時に
言葉はきっとたすけてくれるので

なぜだろう
口数の少ない人の言葉は
意表をつくことが多い

“おそい” ことなら
とりかえしがつくかもしれないけど
“無理” なことなら
もう無理でしょう

マイナスなものを
プラスにもっていくのが簡単じゃないのはわかるけど
それには何が必要か
僕にはまるでわからない

いろいろなものに染まりすぎて
いつどこで何色に染まったのか
ぜんぜんわからない

その人がつくった
あたりまえの事実に
はじめて会った僕が
通りすがりの僕が
賛同できるなんて
まるで奇跡です

他人を通してでさえ見えなくなる前に
どうか自分が見られますように
たちどまるチャンスにたちどまれますように

先を見たまえ
助けたつもりのその人が傷ついている
だったら今君は何をするべきなのか
もうちょっとだけ
考えてもいいのだと思うのだけれど

もらったやさしさを
感謝するかどうかは僕が判断するべきでしょう

できることは何でもしないと
できると思うことすべてやってから
何かを考えないと
はじめから目の前の物事を見られることは
めったにないからね

電池だって
バッテリーだって
きれる時がある
だからこそ充電できるんだ

本当につめたいつめたさと
結果としてのつめたさはまったく違うのに
僕にはどちらもすごく寂しい

今
僕の目の前に映っているライン
いつかこんなにはっきり見えているこのラインさえも
見えなくなっちゃうのかな

余裕のある言葉を
その相手が逃げられる場所がある言葉を
これが言葉を使うものの礼儀かな

価値がないならそれでいい
無理に
何かを引き出そうとするからややこしくなって
誰かが傷つくんだ

遠くなら諦めもつく
手が届きそうで届かないから我慢できないんだ

自分が何を思うかということは大切だけど
相手を前にそれしかないのなら……
その会話に先などあるのだろうか

いくら言葉をならべたところで
言いたいことが言えることは
あんまりないんだろうな

本当に哀しみの向こうにうれしいがあるのなら
きっと僕はとんちんかんな所を歩いているから
見つからないんだよ

くやしいのその先に
本当の君の姿が見えた気が

自分をかなしませている原因を
見定められる人なんてめったにいない

その人が堂々と見せたそのプライドは
僕にはその形さえ見ることはできませんでした
そしてその人は
自分のプライドがどんな形をしているか
一度も振り返ることはありませんでした

落ち込んでいる相手にほど
気をつけなきゃいけないはずなのに
きまりきった言葉の連続を
なぜか
自信を持って相手に投げ傷つけるその人がいる

誰かのことをさんざん否定するわりには
誰よりも一番迷っていたりして……

大切なのは僕だけでした
他の誰でもない僕だけでした

自分がされていやなことからは
こわいくらいに
他人を傷つけてまでも
自分を守るのです

言葉さえたちきれば
あとはただ離れていくだけです

行き場の気持ちをもちながら
やり場のないその人は
すれ違う人たちの表情に手跡をつけていった

謝ることもできなんだ
振り返ることもできないんだ
そんな人のどこに救いがあるの？

時間の潰し方がわからない
僕はいったい今まで
どんな風に時間を過ごしてきたのか？
目の前に時間はたっぷりあるのに
じっと座ることすらできないなんて……

見えないものを見えるといって
気持ちを押し潰す
それしかない
目の前でおこっていることが信じられないことでも
考えられないことでも

視点がずれるということは
のちのすべてにも影響するということなのだが……

言葉が軽やかな人は
行動も軽やかだね

真実はその人が言うから真実なのではなく
本音を言っているから真実なのです

開き直るのに慣れちゃった
そんな人にはなりたくない
そう思った
でもその人になってしまったことに
気がつけなかった僕でした

共感できないということは
認めたくない何かがあるということ？

言葉が紙吹雪のように舞い
どこに行くかなど気にもならない言葉の数々は
僕にとって幻想でしかなかった

“何が悪い” そういってまわりを黙らせたあなたには
逃げ道なんてなかった
だけど
あなたがその逃げ道の一つ一つを
歩けないようにしてきたんだと誰かが言っていた

認めたくない何かがあると
自然と言葉もきつくなってしまいます
そしてその何かは
自分の弱さなのではないでしょうか

肯定できない限り
あなたの行動と言葉はたえず
誰かにため息をつかせ
あなたを孤立させる

うらやましいと言えれば
自分の弱さを認められたことになる

むなしいことだって
なさけないことだって
積み重ねれば
それなりのプライドになる

行きついた先がこれじゃ
どうしようもない
もうどんな言葉もとどかないだろう

僕もそう思います
君はかなしすぎます
言葉がまがってしか見えないのですから

どの言葉を見渡しても
たとえそれが
感謝の言葉であっても
なぜか味気ない

後悔しているのは
目の前にある結果ですか?
それとも
その結果を導いた自分の浅はかさですか?

泣く必要なんてないさ
そこに感情があるだけ無駄さ

大切なのは直向にがんばることじゃなく
見えるようにがんばること?

責められるべき状況になった時に
誰一人として僕のことを責めない
そんな人にはなりたくない

自由であっても
余裕というものは
なかなかもてるものじゃない

“誰だ” とその該当者がまわりを罵倒する
そしてまわりはため息をのんだ

どんなに時が過ぎても
言葉の一つも思い出せない誰かの言葉に
いったい何の意味があるの？

何も聞いていないというより
何も感じないという方が正解かも

言わなくてもわかることは
言わなきゃわからないことの中にあった

言葉をうけとるとき
自分の思いばかり先行するからいけないんだ

悪いなと本当に思うのなら
それは相手に伝わるはずです
相手に伝わらないということは
その思いは単なるあなたの勘違いです

人の言葉に耳を傾けるとは
その人の言葉で自分の言動を思い出し
今までに思えなかった何かを思うことです

神があたえし素敵なプレゼントが感情であるなら
いつもつかわなくてもいい気がする
まちがっても磨り減らしたりしちゃだめだよ
大切に使うべきだよ

相手が見えないと不安になる
相手が見えないと
勘違いでもいいから答えをだそうとする
そしてその答えがでたら迷うことのない自信になる

ただ時間が過ぎるとは
こういうことなのです
うれしいと思ったことや
かなしいと思ったことさえ
何もなかったかのように
日常が過ぎるということです

とにかく否定すればいい
そうすれば違うことだけはあきらかになる
でもそのあとは……

投げやりの僕に
さらなるどうでもいいことがとんできた

目立つものはわかりやすいけど
それだけ
いろいろな何かをもらうことが多いことでもある

僕を責めたてていた
あの声と表情はどこにいった？

その時その状況で
あきらかに必要な言葉がその人にはなかった
それってどういうこと？

会話がこれからはじまる言葉
会話がおわる言葉
僕の場合
どっちが多いのだろう

言わなくてもわかる
これは稀なこと
言わないとわからない
これは普通のこと
言ってもわからない
最近よく見る光景

その人のたくさんの言葉を
さんざんだと思うか
それともその人を認めるか決めるのは
たくさんの言葉の持ち主じゃなくて
言葉を受けとった者なのです

大切なものを
あからさまに大切にしてはいけません
意地をはって大切にしていると
自分がボロボロになっちゃいます
だから静かにその時を待つのです
自分の思いが確信になる何かに出会うその時まで

“誰だこんなことをしたのは”
そう言って
こんなことをしたその人が
自分のしたことにも気がつかないで
周りを攻め立てる

言わなくてもわかる
たしかにそのことは事実だと思う
だけどこの事実には
稀であるという意味も含まれているのだ

あとどれだけの寂しさを背負えば
あの時の君の気持ちがわかるのかなあ

いつからだろう
目の前にいるその人の気持ちに関心がなくなったのは
そして僕は
関心がなくなったことすら関心がなくなったらしい

どうしてだろう
言葉が立ち止まらない
次から次へと現われるのに
次から次へと跡形もなく消えていく

ガラス越しに見たその人は
鏡の前の僕でした

言われた言葉を気にしてもしょうがないのです
何よりその相手が気にしていないのですから
でも自分が言ったことは
気にしなくてはいけないらしいのです
その相手がすごく気にしているので

どう考えても僕の失敗だ
その時
どんな人がどんな声をかけるかが
僕という世間からの価値？

避けることや除けることはできても
交わすことは難しく
誰かを庇うことなど
なかなかできることではないのです

なぜか多くのものが偏っている
物の見方
歩く方向
話す言葉
どれをとっても味気ないけど
土台のない自信だけは溢れている

たとえそこに同じものがあっても
手にした人によってあきらかに違うものになる
でも僕たちはなぜか
結果の風景ばかり目についちゃうんだな

誰かを助けたいと思うのなら
どんな言葉をかけようか一生懸命考えないと
助けるつもりが
まったく違う効果をうみだしてしまうから

今さら立派な大人に何かを言ったところで
何がかわるというのか

その場面しか見ていないなら
つじつまなんて
あうはずがない

統一されることのない情報の断片は
本来の姿を見せることもなく消されていく

目の前の人が知らない人だと
こんなに楽なことはない
そう思うと
どこからが知り合いになるのか
なんて思ったりもする

目の前の人は弱い人じゃなくちゃいけない
僕がどうしていいからわからないから
目の前の人は強い人じゃなくちゃいけない
僕がしていることを他人に責められないために
目の前の人は都合のいい人じゃなくちゃいけない
僕のもやもやをぶつけるために
きっとこんな風に思っているんだろうな
その人は

そのことが嘘であるとわかった時
一番惨めだったのは嘘を言った本人でした

架空のものが崩れ落ち
幻想すらなくなった
だからといって何かがかわるわけではない
人はまた架空のものを探し
それに頼りながら過ごすだけだ

さんざん責めたあげく……被害者になった

たとえそれが本当に情けないことであっても
たしかに分かった優越感は安心できるのです

なんであんな笑顔ができるんだ？

声が震えても何かを言われそうだから
とにかく止まらずに進むことだけだった
今さら言えない“ごめんね”なんて
だからとにかく前に進むしかないんだ

知らなかった
君に“変わってよ”と求め続けてきたけど
本当はとっくに変わっていたんだ
でも僕はちっとも気がつかなくて
いや気がつきたくなくて
そして残ったのは僕一人だった
もうどうしようもないんだね

僕はまた誰かを傷つけるのだろうけど
それしか僕にはできないから……
誰かを傷つけた以上に僕が傷ついた
そんな幻想を抱きながら

君の気持ちはまだここにある
そんな幻想を抱きながら
今はもういるはずのない君の姿をどこかに探している

文字は酷すぎる
まったく違うものさえ
同じものだと断定できる魔力をもつ
それがくやしいから
人はそうではないと言える違う何かを探そうと
必死になる

その人の言うことが正解であり常識ならば
確実に一所懸命人の気持ちを考えている誰かが
涙をのむだろう

最初からそして最後まで
現実からにげられるのは
現実が見えているからできること
現実が見えなければ
にげること
それすらできないのです

感情に覆われたものは事実であっても真実じゃない

君がいれば何でも解決してくれる
君さえいればたくさんの人が何も言わずに注目する
そして君がいればたいがいのことに片が付く
そんな幻想を抱かせてくれる君の存在は
まさに魔力だ

僕が手に入れたものを目の前に
手に入れ損なったその人の残念な顔を見たら
なぜかほっとした

何で見えないの
何で気がつかないの
久しぶりに言葉を失った
またかよとどうでもよくなった

言われることに慣れたわけでも
言われたことをかわせるわけでもない
もう誰も君に言えなくて
言わないのだ

強き者へ
あなたは本当に強いのですか?
あなたの言葉をいくら見渡しても
強き言葉はあふれるほどたくさんあるのに
弱き言葉は一つも見つからない
それって本当に強き者なのでしょうか?
僕にはどうしてもそうは思えません
僕にはどうしても弱き者になれない弱さから
強き者になったとしか思えないのです
そして僕は思います
もしもあなたのような人が強き者ならば
この世は寂しさばかりであると

何を信じるか
そんなの強制されたからといって
信じられるものじゃない
どんな事実が目の前にあろうと
信じられないものは信じられないのです

本当のことだろうと
本音だろうと関係ないようです
大切なのはその人が言った言葉である
ということらしいのです

言葉に表れることは真実
問題はそれが誰に対しての真実かということ

話す言葉でその人の人生が見えちゃったりして……
本当だから嫌だな

あれは開き直りだったのか？
僕だったらすごく落ち込むのにな

もう一瞬も
時間の長さも関係ない
今さら何もない
必要なのは
誰が見てもはっきりとわかる事実だけだ

ため息の数だけ
からまわりした思いがあった

言葉に微塵の救いもないのなら
それ以上
何が望めるの？

すがりたくなるような事実も
見なかったことにしたいような事実も
どうせと思ったことはどこかに残るのだろうけど
それはきっと思い出じゃないと思う

悪気はないんだけど
そんな言い訳を迷いもなく言っているようじゃ
私は何も考えていませんって
言っているようなものだね

やつあたり
それは自分の中で窮屈さが重なった時に
目についた弱いと思う相手にするもの

言うか
言わないかが問題なんじゃなく
その前に一生懸命考えているかが問題なんだ
中身なんて付随するものだから

人の気持ちの群れがその人の言葉を消していく
見つけてもらうことのないやさしさと
交わすことのない一方通行の思い
そして気持ちのない思いが入り混じる

羨ましいとむかつくは紙一重？

いつふり返ればよかったんだろう
いつ僕は大切なものを落としたんだろう
どうすれば
そんな大切なものがあったことに気がつけたのだろう

その言葉を堂々と言ったからとか
あの人は何も言わなかったなんていう理由で
その物事を信じるのなら
それまででしょう

その一瞬が
その人にとってどれだけの価値があったのか
そこには
結果という事実も気持ちもなければ何もない
すべては
きれいごとであったそうとしか思えなかった

悪気がない
それは本当に悪気がないのか
何も考えていないだけなのか
それともわざと？
たいていの場合は何も考えていないだけなんだけどね

時の長さがそこに存在するということは
一貫したものが必ずどこかにあるということだ

その一瞬一瞬のためだけに
その形をどんどん変化させていった
そしてもうすでに原形など跡形もなく

黙っていることって
そんなに難しいことなのかなあ?
それとも我慢することが難しいのかなあ？

事実が一人走りして
気持ちがおいていかれてしまった
うしろをふりかえっても
もうその姿を見つけることができなくて

どうしても
自分に関係のない
都合のいいことばかり目についちゃうね

せめてどんな涙でも
その涙を堪えている
相手の表情だけでも見極めたいものだ

僕が嫌だったのは
僕自身でした

がんばらない意地は
プライドにかわっていった

言葉を投げる時に何も考えないから
いざ受け取る時に混乱するんだ

近くで見ていたらわからなかったけど
遠くから見ると
同じ器に乗っていました

無駄だとわからないからもがくのか
無駄じゃないと思うからもがくのか

ちょっとした事実で傾いてしまうプライドは
傷ついたからといって
捨てることもできなく
ありったけの事実の破片を集めて
さらなるプライドを築きあげる

一度見失うと
もう一度探しだすことはできないのかなあ

匙を投げるといいますが
これ以上何を投げればいいのやら

理性がいつのまにか作り上げた常識になり
最後には自分勝手な正義感になった

最近
答えが一つしかない質問ばかり投げられる

自信がつくと
目に見えるものばかりが大切になってくる

流れに逆らうのも大変だけど
流れにのるのも同じくらいに大変だ
どうすりゃいいんだ

何気ない事実で傾いてしまうプライドばかりが
溢れている気が

何を言われたかじゃなくて
何をしたかが問題なのに

ちょっと知っているだけで
全部がわかった気になったりして
こんなときの確信は何で限界がないのだろう

許されないことを自分で作った瞬間
その人は立ち止まることさえ許されなくなった

次があるのは
その可能性を自分で信じたから

“やさしさ” という名目で
“やるせなさ” が飛んでくる

免疫がつくということは
それだけ寂しさを背負うことなのでしょうか

この失敗が
崩れ落ちるスタートラインになりませんように

気がつかないことからはじまったのだ
この寂しさは

その言葉を知らないということは
その知らない言葉に出会った時
勝手に解釈して
勝手に知っている言葉で
包み込んでしまう危険性がある

遠回りしたと思ったら
肝心なところで飛び越した
的が外れるとは
こういうことなのか？

本当はそうなのかもね
言葉で気持ちをさえぎったその相手が
君を救ってくれる人なんだろうね

そのあふれだす言葉の中に
その人の本音なんてない
本音を見たくないから言葉でごまかしているんだ

たいした根拠もないくせに
たいした裏付けもないくせに
人の確信とは
自分の気持ちさえも貫く

経験したことですら忘れちゃうのに
経験したことがないことなんて
わかるわけがない？

揺らいでいるばかりでも
見方によってはたしかに貫いていると言える

またかと思う出来事だから
まただと思いながら僕はその日常をすごす
もしもと思う出来事だから
もしもと思うだけで
もしもが起こるはずのない日常を僕は今日も過ごす

追い詰めたってしょうがない
だって追い詰めているその人が追い詰められて
行き場を失うから

こんなんでいいと思う
好き嫌いがあっていいと思う
そうでないことをそうだみたいな顔を
無理にしているよりずっといい

どうしようもないものって
どうしようもないくせに
気がつきにくいものなのかなあ

事実
それは相手によって
素敵な偶然にもどうでもいいことにも変化する

大は小を兼ねるといいますが
僕はどれだけの大きさの器をもてば
この小さな悩みさえも
つつみこむことができるのでしょう

その人の何がなくなったら
魅力がなくなっちゃうのかな

自分ではどうしようもないものがあらわれたとき
それを時の長さで解決するだけはいやだな

その人の堂々とした姿
それは気持ちじゃなくて態度でした

本当の舞台のように
なぜか主役より観客のほうが多い気がする

中途半端は
すべてが中途半端
だから
誰かに何かを伝えることも
誰かから何かを受け取ることも
そう
全部後味が悪くて……でもそれでいい
だってその人がそういう人だから
それ以上でも
それ以下でもないよ

それだけ自信があるのなら貫いてほしい
貫かないことを貫いてなんてほしくない

どうしてなんだ
誰も僕に視線を向けようとしない
こんなにいろいろなことを考えて
こんなにいろいろ気をつかっているはずなのに……

失ったら大切だって気がついたのかな
ずっとそこにあるから
大切だって気がつかないのかなあ

何も考えなきゃ
自信もわくさ

もしも
言葉のやりとりを
相性という言葉で片付けられるのなら
こんな楽なことはないのになあ

言わなちゃわからないといいますが
言ったってわかってくれないでしょう

自分は肯定して
相手は否定して
こうやって人はバランスをとっているんだね

どこもかしこも一方通行ばかり
まあ両側を歩けても疲れるだけだけどね

被害者であり続けるために
加害者になることだってためらわない
そしていつのまにか
被害者の顔をした加害者でしかなくなった

自分を肯定することと
自分をほめることは
まったく次元がちがうことのようです

気持ちはお金じゃかえない
なんて言われてきたけど
最近じゃお金でかえそうな気持ちがあちこちに

数が多いからといって効果があるとは限らない
数が多いということは
それだけその中の一つに
目を向けるのが難しいというこでもある

世の中
ごまかせる相手が多すぎる

またかよとため息をついた時
そのことにおそろしいくらいに
慣れている自分にため息がでた

気持ちが崩れ落ちると
人はどうしようもなくなるけど
権力が崩れ落ちても
なかなかそこで得られたプライドは崩れない

自由なんていらない
ほしかったのは自由じゃなかった
ちゃんと気持ちと事実を見てくれる
そんな人がいる場所でした

無駄なことが本当にないのなら
なぜ傷つけることしかできない人がいるのでしょう
傷つけるだけの人生もまた無駄じゃないのですか？

うれしいことは素敵な偶然
嫌なことは悲劇のはじまり

自信をもつのは
時間の長さじゃない
その時間のあいだ
君ががんばったという事実だろう

器用でもないくせに
誰かを目の前にすると
器用そうな表情をしてしまう
だから
無理する自分が窮屈で
本音と虚しさがまざった言葉があふれだす

だって言ってもしょうがないもん
わかるまでだめだもん

自分のプライドには誇りをもち
自分の行動には十分なまでの包容力を
他人の行動にはいつもするどい視線をもって望み
自分がした他人への行動で
あきらかなる失敗は寛大な気持ちで
まあいいか

今の僕に必要なのは
引き際を見極めること？

信じられない行動をとっても
それが君なんだから

嘘をつくなんて平気さ
自分のためにつく嘘は平然と
誰かのためにつく嘘は自信をもって

言葉を受け取っているはずなのに
なぜか受けとる自分の気持ちばかり先行して

止まることのないそのものは
通り過ぎる風景に一瞬の救いを求める

関係性だけを見ているから
いつまでも一方通行の気持ちばかりなんだ

たくさんのひどい言葉をあびせられるより
一つのやさしさが離れていくほうのが
僕は酷だと思います

優越感は人をだめにする？
孤独は人をためしている？

チャンスって
なかなかないもんなんだね

弱いのではなく
強いのではなく
その一つを大切にできる
だからこそ迷うのです

たった一つの素敵をずっと大切にできるほど
人は強くないのだろうか？
たった一つの“悲”にふりまわされてしまうほど
僕は弱いのか？

言葉を投げることばかりに夢中になって
受けとめることができなかった

ふとした瞬間にわかるものさ
目の前からなくなった時
それが自分にとってどんな存在だったのか

人の行動は矛盾している時
なぜだか一番自信があるような気が

なぜかどんな情報でも
自分の都合のいいようにしか解釈できない自分がいる
そしてこんな解釈しかできない自分なのに
ためらうことさえなくなって

“なんで”“どうして”の言葉があふれると
いったい何が“なんで”で“どうして”なのか
わからなくなった

放り投げた虚しさが
とんでもない形でかえってきた

きっと捨てたものなんてないんだよ
失ったものはたくさんあっても
たくさんいろんなものを抱えているから
その人なんだよ

何も失うものがない
そんなことはないのです
失いたくない何かの大切さをわかっているから
ちゃんと目の前の事実も
目をそらさずにいられるのです

捨てなくてもいいのに
持っていたほうがいいのに
一度捨てた気持ちにもう一度めぐり会うのは
遠い未来なのだから

いつか
僕が悲しませてしまった君への償いができるなら
それはきっと素敵なことでしょう

都合の悪いことは
想像からありもしない事実になり
いつからか確信へと変化をとげた

その異変すら
異変に思わなくなった僕がいた

その先だけでなく
今も過去も見えていませんでした

時間と経験で
いろいろなものを動かせるようになったけど
時間と経験で
自分の心はまったく動かなくなった気がする

その思いこみによる気の緩みが
僕を情けない人間にした

その人をつめたいと思うとき
その人の気持ちの出発点に僕はいなかった

言葉が迷わない時
僕の気持ちは大きく揺らいでいる

言葉で判断しちゃいけないのかなあ
文字を見て判断しちゃいけないのかなあ
でも僕の目の前には
たしかに心が揺れる言葉が文字がならんでいる

僕は
この罅のはいった足元の危うさを知ったところで
いったい何ができるのだろう

どんなにたたかれても
壊れないものがこの世にあるのなら
それはこの世で一番かなしいものだと思う

何を考えているのかわからないのは
目の前の相手じゃなくて
僕でした
そして
何を考えているかわからない自分の分だけ
相手のことが見えるような気がしました

僕はなぜか自信をもっていた
その言葉に
その行動に
その考えに

僕はその表情を見たとき
もうおわりでいいやと思った

その納まりかたを忘れた気持ちには
誰かをまきこみながら漂うしかなくて

そのチャンス
自分で潰したくせに
あたかも
誰かに潰されたと思ってしまう
そんな残念な自分がいる

まわりを気にせず一途になれるほど
何かをもっているわけではありません

自分の弱さを無視し続けると
人を傷つけることが多くなる

相手の言葉が恐いのは
遠ざかりすぎた証拠です

そばにいてくれることが
かならずうれしいことだと僕は思わない
すくなくとも僕はそうだった

その原因をなんとかしなければ
いつまでたっても迷宮という名の時間旅行は続く

かくせないのは
その事実ではなく
その気持ちでした

なりたくない
そう思ったその人になってしまったのを
隣の誰かのせいにした僕でした

納得するはずもなく
実感するはずもないくせに
求めているのは
言いなりになってくれることでも
完璧であることでもない何かでした

自分が
何ができないかということさえ知っていれば
風景の見方もかわる

その鋭い物で負わされた傷で
その人の時間がおわることがあるのなら
言葉一つで
その関係がおわることだって当然あるはずだ

いつのまにか
自分がやったことさえも誰かのせいにしてしまう
そう
誰か一人にその理由の存在を刻印すれば
こんな楽なことはない

渇ききったのどに
水を一滴あたえてもらっても
むしろむなしくなるばかりで

ありがとうとは
ありがとうと思える相手でいてくれてありがとう
という意味です

嫌だという
その相手の言葉にさえ
受けとる自分の気持ちしか存在しない

何かをもらうときや受けとるときには
自らの個性を重んじ
相手に何かをする時には協調性を強調して……
ということが最近の常識

正直というのは一所懸命考えたあとに
思った何かに対してつかいたいものだ
何も考えないで
手あたり次第にいうことにはつかいたくないな

後悔をつくれば
あきらめられるのかなあ

天と地の差ならば
その対極がはっきり見えるかもしれない
だけど僕の理想と目の前の現実は
そんな差じゃない気がする
いやそう思いたい

畏まるこの意地が何なのか
わかってもらえれば畏まらずにすむんだけどね

見なかったことにするのは
やさしさもつめたさもそこには存在しない

やっぱり大切だよね
言葉を受けとった時に思うことは

泣きたいということは
何か悲しいことがあるっていうことなのかな

出会えてよかったと思えることならば
ずっとずっとよかったって思うと思うのだけど

勘違いしている相手の気持ち君ならどうする？

無駄なことがないというのなら
無駄なことがあってもいい気がする

よくもこんなに
目の前に存在しないものに
心揺れるものだな

自分のことを他からまもれるほど強くないのです
誰かを見られるほど弱くないのです

どちらが正解かわからないけど
すくなくとも僕の目の前の人は
何のためらいももっていないようだ

僕は勘違いを認めさせることを
やさしさだと思う

自分を肯定することと自分をほめることは
まったく次元がちがうことのようです
自分が正しいと主張することと
自分を肯定することもまた
まったく次元がちがうことのようです

すべてはあなた次第と誰かは言いますが
そのあなたがどうしようもないくらいに落ち込んで
それこそどうしようもないのです

自信はもたないほうがいい
目の前の人が落ち込んでいることすら
わからなくなっちゃいそうだから

その人は言った
聞いていないと
その相手は言った
何度も言ったと
これがくりかえしおこるということは
あなたがその相手の言葉を
聞いていないということです

その人があわてはじめたのは
自分の言葉が
行動があふれだす紙吹雪のように舞った時でした

そりゃ無理さ
相手にばかり何かを求めるのは
そんなふうに求め続けているうちに
相手がどんどんかわっていったのさ

簡単に見つけたから
簡単にこわれたのか？

あきらかに
今その人はためされている
チャンスなのか
でももうすでに手遅れだ
どうしようもない
ここから先
ただ進むだけなのだ
その人が口にしている世界へ

僕は誰かに気持ちを潰されたことはわかっても
自分が誰かの気持ちを潰したことには
気がつけませんでした

見てもわからない
聞いてもわからない
のではなく
見ることができない
聞きたくない
だからこんなにも都合のいいように解釈できるのです

大切なのは誰がどう思ったか
そのことで何がどうなろうと関係ない

チャンス
そのチャンスを尊重できなければ
チャンスではなくなる

人は僕のこと
タイミングが悪いといいますが
僕にいわせれば
タイミングがよかったと思えた人は
僕が好きな君だけでした

目の前から
そのものがなくなった時
残された者の心にいったい何が残るのだろう

辻褄という一本の線が
砕け散ったのを見たその人は
その破片を
ひっしでつかまえようとしていた

根拠のある自信ではない
それなのにその言葉は相手を制してばかりいる

人間の能力で一番すぐれているのは自己防衛能力
ただし傷つけられたプライドに関してだけだけど

その数多くの言葉の理由が虚しさならば
それこそ言葉が次から次へとあふれるだろう

やさしさだって
悪知恵だって
そこにないものは何も感じません

この言葉の魔力にとりつかれて
そこにいる人を見失っている気がする

その人にとって言葉とは
何もかも覆ってしまう虚しいもののように思います

立場が逆転したら
もう何もできなくなった

全部なかったことにできるのは
その相手に許せる何かがあるかどうか
それとも許せなくても他の誰かのことを考えたら
自分の胸にしまっておいたほうがいいと
思えるかのどちらかだ

ほんの一握りの人だけが
うれしいを大切にできる人なのでしょうか？

居心地のよい場所からうまれたその言葉に
何の意味があるの？

何かいいたい
でも何をいっていいかわからない
そんな時
口にする言葉は
とんちんかんにしかならなくて……

一つ一つの“他”ばかりが気になって
しょうがないのです
だから大切なはずの自分が一番
おろそかになるのです

たとえそれが
どんなにあたたかい
愛情という名の感情からだとしても
その言葉は僕にとってただの物でした

主役である人はいつも主役
脇役である人はいつも脇役
そんなんだから
人の気持ちを見ようとする人と
見ようとしない人に
くっきりわかれちゃうんだ

拾う言葉なんてあったかなあ
どこを探してもなかったと思うのだけれど

つらぬけないつらぬきはわらっちゃうほど
めちゃくちゃだね

次元がちがうのに
なぜ共感を得ようとするのか

僕の経験上
その仕事をすすめなくてはいけないからという理由で
会話をすすめることができるようになった人は
たくさんいるけど
そこで人の気持ちをくみとれる人はそういない

感性は自由であるべきだけど
それこそ
その人の本心だから
虚しく見えることの方が多いのかなあ

あたりまえがあたりまえになったから
見えるものがすくなくなっただけなのに
見えるものがすべてだと思うようになった

その事実を見るよりも
最後にでてくるはずの常識がはじめにでてしまう

くやしいけどどうしようもないのか
それともどうしようもないからくやしいのか
その人のすごく残念そうな顔を見たけど
わからなかった

何かがあれば
大抵のことは我慢できる
それってすごいこと？

うやむやにおわった事実を目の前に
気持ちだけがとり残された僕でした

相手の状況など微塵も考えず
すきまなく攻撃してくる
そう濁流のように
とめるものなどなにもない

現実が見えないことは
気持ちも見えないということ

その人の言葉が動きだすときは
その人じゃない
他の誰かの心が動きだしそうな時でした

それが正しいと思えば
正しい以外の答えはないのだろうし
もしかして思うならば
いくらでも迷うだろう
でも忘れちゃいけないのは
正しいとかもしかしてと思ったことを
忘れないこと
忘れないことで
また違う道がひらけるのだから

どんなにつらいめにあったのか
どんなに苦しい思いをしたのかわからないけど
全部無駄だったね

知識がないこと
知識がつかえないこと
どっちが問題なの？

僕を否定し続けたその人の言葉“自分は幸せだ”
幸せっていったい何？

ライン
その線が見えていないあの人には
他人の心など見るはずもなく

その相手の言葉と行動を制したあとに感じる
孤独と虚しさは
あなたの行動そのものなんじゃないかな

僕が笑う時は
どんな時だっけ？

日常の流れをほんのすこし塞き止めるだけでも
十分勇気がいる
でも
一瞬でも
塞き止められれば
日常の流れが眺められる

その人は
目の前の人を勝手に役付けして
ちがうのかと怒っていた

その人のため息も
僕が吹き飛ばさなくてはいけないほど
向かい合う価値なんてないと思う

目上の者に敬意をもつのは
敬意をもっているからではなく
自分のためです
そうだと認められないでしょうが

他に何ができる？
そんなことも考えずに
何もしないことが正解であると言うことが
その人が自信をもってできることだった

すべてのことを知っているのは自分だけど
守ってもらわなければいけないのも自分だ

立ち止まることもなく手に入れた優越感
残念ながら今
その人を支えているすべてです

興味があるからその理由を知りたがる
でも理由のないことに答えをもとめようとしても
見つかるわけもなく……
わからないからいつのまにか
その興味は薄れ
わからないことへの苛立ちが増し
答えを知ることより
無力感への苛立ちを
どうにかしたいことをどにかしようとする
これが僕の目に映るその人の姿です

きっと本能なのでしょう
僕がそのタイミングを選ぶのは

そりゃ
その時その状況で必要なことというのはあたりまえさ
でもそんな時に見えてきちゃう本音という真実

自分の確信が揺るぎはじめたとたんに
糸が切れたように
雲をつかむようになった

うれしいと言っているその人の表情が
一番寂しそうでした

待っていたのはあなたではなく
あなたがもたらす代償でした

我慢をしている時それなりに心が動いたし
くやしかったりもしたけれど
どうでもよくなってからは
相手の言葉や気持ちだけでなく
その相手を目の前にたっている自分も
どうでもよくなった

何が常識で何が非常識なのかわからないけど
これが常識だとその人にいわれても
心がまったく動かないことは事実だ

もしも
誰か目の前の人の気持ちを潰すことに
何の違和感もないのなら
自分の気持ちが
潰されたその時のその怒りに限度はないだろう

隣のその人は
その箱をうれしそうに開けた
だけど同じ箱を目の前にしても
僕はただ見ていただけで
開ける勇気なんてなくて……そして
そのあと僕がしたことは
その人を羨ましく思うことではなく
その人をけなすことだった

その気持ちに気がつかなければ
どんな声にさえ自信をもって反発できる
お前が悪いんだと
どこまでも相手を責め続けられる

何が疲れる？
それは
その人の隣にいるから疲れるのです
何が不満？
それはその人の隣にいるから不満なのです
これって事実かなあ
それとも誰かのせいにしたいだけなのかなあ

一つの能力を失うと
失ったものをちがう能力でおぎなおうとする
だけどおぎなうはずが
取り戻せない能力の痕跡もむなしく
残った能力がそのバランスもとれないで
むなしさをまきこみ
大きくなっていく

ちゃんと気にしていればよかったんだ
便利だからと思って
何のためらいもなく
使っていたらなくなっちゃった
なくなってから気がつくなんて情けない

ためらうことはそれだけでも悪くない
でも
ためらったことをひらきなおるようじゃ
何の意味もないどころか
むしろためらいが無駄になる

無駄か無駄じゃないか
なんて誰かの評価を聞くよりも
そのものに会えてよかったと僕が思えれば
それで十分だ

向き合えない
向き合って言うことができない
そんなあなたはなぜかまるで違う人と向き合って
目の前にいないその人への優越感にひたった

期待したのは
その目の前の人じゃなく
その人を目の前にした僕に対してでした

気持ちが時に
目の前にいる君との距離をこんなにも遠くするんだね

なぜか必要であるはずのものさえ
平気で捨ててしまう
そして自分で捨てたくせに
あたかも誰かに捨てられてしまった
そんな顔をする僕がいる

その人は
何一つそんなつもりはないのだろうけど
残していったその足跡は
たくさんのため息をうみだした

ためらいが自信につながった時
すべてのものを制することができる
そんな気がした

目の前に
その何かがないということは
もうその行動を
考えを止めるものが
なにもないということなんじゃないのかなあ

なぜか言葉を聞けばわかってしまう気がする
文字を見れば視界がひらけてしまう
この人はこういう人なんだという
何一つ期待するものもなく
ただため息一つをもちながら

あの人の前から人が去った
大切なはずだったその人が去った
だけど
その人がやったことは今はいない
去った人に何でと問いかけることと
自分を守ることだった

いつか
誰かの風に吹き飛ばされた僕の心は
いま
どこをさまよっているのだろう

うれいしいこと
心で感じられれば本当のことになる
“うれしいだろ”
そんなふうに言われてしまえば
せっかくの気持ちも
その瞬間にどこかの風に飛ばされてしまった

勘違いを認められるほど
大した人じゃないでしょう

ごく稀にだけど
言葉がもつ意味と同じ感情に出会う時がある
その時
なぜかすごくほっとする

負けないためでも勝つためでもなく
虚しさをどうにかするためでした

言いたくないのか
言う気がないのか
それとも何かを我慢しているのか
相手を見極めるのにはこれが一番
相手を知ることの基本でしょ

畏まるのは
君が頑に何かの意地を通そうとするから
だからそんな時は
そっとしておくのが一番の思いやりだ
その意地って時間や目に見える力じゃ
どうしようもないものなんだよね

責任のとれない隠し事ほど
まぬけなものはない

その場所にふたたび戻ってきた者
それは自分の存在意義を
確かめないわけにはいかなかったからなのか

感情があって表情がある
表情があって感情がある
だけどいつのまにか
言葉があって表情がつくられ
言葉があって感情があるようになった

やっぱりそうだったんだ
一瞬の勘であらわれた事実
なんでこんなにいつもあたるんだ

形になるものがほしい
気持ちとか目に見えないものなんかじゃなくて
そして
信じさせてください
それなりであることのすべてが幸せなんだと
誰か救ってください
それなりに生きてきたこの時間のすべてを

自分のために傷つくことはあっても
誰かのために傷つくことは一度もありませんでした

捨ててしまえないもののために
僕はいったいどれだけのものを壊し
見過ごしてきたのだろう

なりふりかまわずに言葉があふれだすその人は
何気ない顔をしていたけど
すごく
すごく気にしていたりして
すごく
すごく不安だったりして
でも
これこそ自業自得
たくさんの言葉の代償です

必然の出来事が
その人の目には
理由のわからない突発的な事件となった

僕の目の前ではしょうがない出来事であっても
隣では非常識なのです

勘違いでおわればいいけど
勘違いに気がついて
その勘違いを認められないと
人をまきこみ不幸になる

なるわけないでしょ
その言葉が
その気持ちが僕の道しるべになんて

“なんで” とか “どうして” とかは
疑問に思った時に言う言葉で
相手の言葉に対抗するためのものなんかじゃない

後悔なのか
憎しみなのか
情けないのか
こんなどうしようもない気持ちは
いつも僕のまわりをさまよい
はなれない

さっき言っていたことと違うじゃん
ということは
僕の目の前の人は
過去の自分を今の自分が否定しているっていうこと？

神様
なぜにあなたは喜ぶことより
妬みや
嫉妬といったものだけをとり残し
去っていってしまったのですか？

救いがあるのなら
もうとっくに見つかってもいいはずなのだが

だいたい迷惑をかけている自覚があるのなら
迷惑をかけないようにすると思う

相手の気持ちが見えないということは
嫌がっていることも平気でできるということだ

自分が正しいと主張することと
自分を肯定することは
まったく次元が違うことのようです

わかってくれないとその人は言った
でも僕は
わかろうともわかりたいとも思わなかった

這い上がれなかったことより
這い上がれた
他の者のことばかり気になってしまう
這い上がるために自分は何ができたのかより
他の者の結果ばかり気になる
そう他の者がうれしそうでなければそれで十分満足だ

遠くの存在である
会ったことのない誰かへの感情を抱くより
目の前でうれしいと思える
その君への感情を持ちながら日常をすごしたい

その言葉を言いたいから言うのではなく
何を言っていいかわからないから
とにかく
でもね
たとえそうだとしても
その言葉で
誰かを傷つけていいわけじゃないと思う

間違いがあることに気がつけなかった
間違いがあることがわかっても認められなかった
だから
こんなふうになってしまった

それは僕の言葉など聞くこともなく
どんどん先に進んでいく
どうしてだ
今まで
こんなことはなかったのに……

その人のまわりにいろんなものがつくと
話をしたくないと思っちゃう
だからどんどんかしこまっちゃう

その声がやさしさに聞こえた時
僕の心は本当に疲れているのだと思う

僕は自分がもっとも矛盾しているくせに
相手には完璧を求めている

その理由を相手に求めているうちは
状況が把握できていないということ？

こわかった
言葉だけが頼りの僕に
言葉をもたない君の行動は

人の言葉を制するものは
自分のプライドでこわれていく

そのものと違うというだけで
自分が思う違いは
違いの中にあるいくつもの違いのうちのどれかだと
示せなかった

その人のやさしさは
なりふりまかわないで
その相手のすべてを奪うことでした

その事実
本能的に何をしても
どうしようもないということがわかった時
せめて自分の気持ちのどうしようもないところを
ぶつけられるその相手に矛先をむけるのだ

自信に満ちている暇があるのなら
目の前の人が隠している表情をちゃんと見るべきだ

僕は迷子になるべき場所さえわからない
そんな迷子である気がする

顔色をかえながら
あせる気持ちをおさえながら……そんな
くもった表情の持ち主であるあなたが
そこまでしてまもりたいものとは……

目に見えないものに怯えるその人は
目に見える答えがならんでいる
そのものを手放せずにいた

ないものねだりばかりではない
何ももってないことを嘆くその人の隣で
その人はもっているものを嘆いている

結果しか見られないということは
そこにある
人の気持ちなんてどうでもいいということです

いつのまにか忘れちゃうから
僕を素直にするいろんなものの存在を

自己清算できるのはどんな人なのか
僕はこの前
自己清算の機会をもらったのに
もうその時期じゃなかった
だって自己清算しているはずなのに
反省できない僕だったから

表情は感情にともなうものだけど
無意識の感情につくられた
表情は
その人の顔となり
その人自身の姿となる

同じ言葉でもこんなにもちがうものなのか？
そうこれこそ言葉の魔力
言葉は君が今まで積み重ねた時間の中で
環境の中で
目にしてきたものに対して
どう思い
どう行動してきたかの証なのだから

自己防衛は
目の前の相手をふみにじるためにあるんじゃない

僕はその道の存在を知らないのか
知ってるのにどうあるいていけばいいのかが
わからないのか

再会
その時懐かしめる人は
大切な人であるという証拠

目の前にあるうれしいを
かすめることもなく
通りすぎなくちゃいけないのは
本当につらいね

言葉は
あとからあとからあふれてくるのに
心がちっともついていけない
僕の心を残して今も言葉があふれだす

僕が最後に君を見たのは
君が僕にむかって
３度目のため息をついた場面でした

目の前にあるだろう境界線は
かんたんに超えられるのかなあ

その道を歩く理由なんてないけど
その道だけは歩きたくないという理由はあるかも

タイミング
はずした僕の気持ちのほかに
そのまわりには
どんな人のどんな気持ちがあるのだろう

一度そうだと思った気持ちの重点をかえるなんて
なかなかできるものじゃない

返ってこないやさしさは
もともとやさしくなかったんだよ

手が届きそうなのに
すぐそこにある気がするのに
そんな気がするだけなのかなあ

どうしてもその時
僕はまちがっていないと思いたかった

気持ちを追いかけたら
君に言える言葉が見つからなくなった

遮るものがなかった
遮ってくれるものを見つけられなかった

ちょっとの時間で変化した事実
でも僕は
そのちょっとの時間さえも待っていられなかった

見たくないから見なかったもの
考えたくないから考えなかったもの
人のせいにしたもの
それらが今
あなたをためしていると思いませんか？

言わなくてもわかるというのなら
そんな言葉言わなくてもいいでしょ

そのあとにどんな事実が上書きされようとも
その形を留め
魅力を失わないでいることができるのだろうか

幻
それはなくなってしまったものに対する
なつかしさとさみしさ
それとも
見たこともないものに対するあこがれなのか？

止めたかったのは時間の流れよりも
どうでもいいと思う気持ちの流れだった

普通の言葉だと思っていたので
普通の行動だと思っていたので
だから
何度でもくりかえして
だからその人が嫌がっているなど
微塵も思いませんでした

壊れきれない脆さが
さらなる脆さにかわってしまった
壊れきれない強さが
さらなる強さをうみだした
僕はどっちだろう

単純なものほど真価が問われやすい
たしかにそうだ
単純なものは気にとめようなんて思いもしない

何度か見たことのある
その心地よい表情は
その表情をもつ人がちがっても
僕の心をやすませてくれた

ヒーロー
もしもこの世に君がいるのなら
かっこわるくてもいいから
ちゃんと僕のタイミングが
見られる人であってほしいな

それなりにちゃんとしていれば
大概のことは簡単にとりかえしがつく

たった一つ
自分がえらんだことに迷えるなんて
素敵なことだと思うのですが

何度でもと思っていたけれど
それじゃだめかもとちょっと思った

偶然というだけで
その関係を変化させなくてはいけないなんて
そんなのあまりにも酷だぜ

僕が置き去りにしたかった気持ちは
こんな気持ちじゃありませんでした

気持ちの変化を時代のせいにしているくらいの
気持ちなんて
はじめからなかったんだよ

もらったものはちゃんと見分けなくちゃ
そして
その中でちゃんと見つけなきゃ
僕の背中をポンと押してくれるものを

チャンス
それはいい意味ばかりではない
素敵なチャンスよりも
はるかに多くのそうではないチャンスを
僕は見えずにいたらしい

もう二度と素敵な人との出会いが
その先の時間を虚しくするなんてことに
なりませんように

悩んでいる時には
たくさんの答えが隠れているかもしれないけど
開き直ったら
答えはひとつだけになっちゃう気がする

表情がなくなった
言葉がきつくなった
歩き方にゆとりがなくなった
こうしてその人はかわっていった

すべてを背負いこんだような顔をしているが
背負いこむどころか
ろくにふれてもいない気がするのだが

見えないものばかり
わからないことばかり
だからなのか
くらべたくなるのは

都合のいい確信はなぜか
それが
事実と違うということが目の前にあらわれても
なかなか揺るがない

やっぱり違うと思う
大勢の人が
そうだからといって
そうだとは限らないから

うらやましいと思う気持ちは純粋であるはずだ

窮屈なのはその相手じゃなくて自分自身なのにね

さすがに
遠くにある光を
しあわせに感じるのには疲れた

まわりの人が無言でその人からはなれていった
そしてその人がしたことは
今はもういない
去った人に問いかけることと
自分を全力で守る事でした

たくさんのプライドをもっている人は多いけど
たくさんの表情をもっている人はすくないね

それが空回りでも
つらぬいていれば
それはそれで見栄えはいい

僕をたすけるという名目で
自分ではどうしようもない気持ちをぶつけるなんて
ごめんだ

人の気持ちはかわるもの
その変化に相手との関係は一切関係ない？

言葉も表情も正直だ
でも何より
人がもつ自信は
プライドに正直すぎて
自信ばかりが目立ってしまう

言葉を選ばなくちゃ
そうしないと
自分が何を思っているかさえもわからなくなる

言われたほうより
言ったほうのがためされる？

余裕があるように思えるその言葉が
一番むなしく聞こえるのは気のせいか？

言葉を見つけられない自分ではなく
目の前のその人に怒りを感じた

どれだけの思いがそこにはあったのだろう
そしてどれだけの思いが君の心に残っているのだろう

ずっとずっと認めないでほしい
ずっとずっと認めないでいてほしい

そうであることより
そうであることに
何のためらいもないことに問題がある

真価が問われたのは
何一つもっていない人ではなかったようだ

言葉を投げようがもらおうが
大切にできるかどうかは
その人自身によるものだと思うから

ちょっとの優越感をもつことが
その優越感をもたないこととの大きな差かも

どうしようもない気持ちはいつまでも
その足跡を残しながら前にただすすむだけだった

捌け口をまちがえると
それ以上にとりかえしのつかない後悔が
残ることをその人は知らない

くやしかったのは
その相手に対してなのか？
それとも
その相手を信じ続け
自分に対してなのか？

再会
それは僕の中で
どれだけの価値があったのかということを
あらためて認識させた

姿勢を正す自分が情けなくなりました

選択肢はたくさんあるはずなのに
なんで一つしか見られないのだろう

単調なものは慣れを与え
さらに続く単調なものは安心感を与え
さらなる単調さは不安を生みだした

相手を見ないことが
一番相手を傷つけるのだと思う

僕が見ることができた君のため息は
たった3回だけでした

選ぶものがあるとわかっているのに
選ぶことのできないもどかしさ

自分にだってできないことを
誰かになんて望むなよ

自分と目の前の人はちがわなくちゃいけなくて
ちがうからこそ
ちがっている
変だと
相手にわからせようと
強くうったえる
そうして自分の存在の意味をたしかめようとする
最近はそんな人ばっかりだ

大丈夫さ
なんて迷いもしないものが
僕にとって一番恐いモノだったりして

気持ちと言葉の矛先を間違った瞬間に
すべての関係が切れた気がした

まわりに協調できるほどまわりが見えなくて
面と向かえるほど
自分の情けなさを見ることもできなくて
我慢できるほど辛抱強くもないので

いつのまに
こんなに積み重なったのだろう
こんなに
積み重なった気持の重心は
今の僕の行動のすべてを決定づける
目の前のその人がどんな人なのかなど見ることもなく

おそろしいくらいに
いろんな人の本音が見えた時
それは日常でした

たくさんのどうしようもなさをもらったんだろう
その人はそれをまぎらわすために
今度はどこにその言葉を投げつけるのだろう

困り果てる僕の目の前で
なぜにあの人は平然としている
なぜにあの人は何一つ動揺しないのか
でもこれがきっと
住む世界がちがうっていうことなんだろうな

これはめずらしい
言葉に表情に
表も裏もないなんて

まわりみちをしすぎたために
はじめに
歩いていた道の風景すら
思い出せなくなった

いつから迷いこんだのだろう
この迷路に
もしかして
今まで信じていたその道はまちがっていたのか？
いや
まちがっていないはずだ
すべてはそれなりにこなしてきたはずだから……
それなのになぜ
どうしてこんなことになってしまったのか

僕が見ることができたのは
たった３回のため息でしかなかったけど

はじめからわかっていた
僕が腹をたてているのは君じゃない
なのになぜか
いつのまにか
君に対して腹がたつようになってしまって……

そんなわけないと言われればそれまでである
忘れた
関係ないだろうと言われてもまたそれまでである
だけど
気持ちは簡単に区切りのつくものじゃないし
そんなことないよと思う気持ちは
けっこうその人をたすけてくれる
心強いモノなんじゃないかな

自分に必要であると思うものと
他人に持っていてほしいと思うものが
最近じゃあまりにも違いすぎる気がするのだが

かかわった人の数だけ
目の前の君が遠くなる
いったいどれだけの人の前を通りすぎれば
君にたどりつくのだろう

大勢がそろえば
当たり前も簡単に当たり前じゃなくなる

どんなに追い込まれても残るもの
それが本来のあるべきその人の姿なら
僕の本来は暗いのかなあ

その人は人を見るとき結果を見るのかな
それとも日常を見るのかな

余裕がないということは
結果しか見られないということです

その人がいたその場所に自分が立てば
確かに自分の存在を確かめられるけど
その人をどかしたことは紛れもない事実だ

その結果になった理由を知ったところで
いったいどれだけの人の行動が変わるだろう

何の反論もない場所は一番恐い場所
どれほど自由であっても
どんなに前に進んでも
誰も止めてくれないから

僕に残ったものがなんだかわからないけど
気持ちが何をすることもできなくなった気がする

先の見えないことだって
今までのことだって
どうでもいいかと思う僕がいる

僕はいったい誰に対して
どんな大変な悪いことをしたのだろう
なんでこんな落ち込まなくちゃいけないのだろう

硬い甲羅で覆われたはずの栄光は
いったい何だったのか

否定的なことを発見するには
おどろくほどの実力を発揮する

たのしかった状況と同じ状況が目の前にあるとき
自然とくらべている自分がいることを
否定できない

僕にとって寂しいとは
“うれしい”あとにある
普通の日常の小さな寂しさです

僕は踏みだしたいけど踏みだせない
そんなひきとめる何かがあるってことは
僕にとってしあわせなの？

また元に戻っちゃった
それがせめてふりだしならいいけどね

失ってわかる君の大切さ
目の前にしてわかる君の強さ
なぜか君の場合
両方にあてはまる

うしろめたいと思ってまでもその行動をする意味が
いったいどこにあるのだろう

大きいからといって
その小さな傷を気にせずにいられるほど
丈夫なものなんてないと思う

素敵なチャンスが見えにくい以上に
そうでないチャンスは見えにくいらしい

時の流れが続くことが日常なら
時の流れがとまることは日常じゃないの？

隣にあるうちはまだ歯止めがあったのだけど
いやその隣の存在はもともと
ただの飾りだけだったのか？

ブレーキはあぶないから踏むものであって
誰かが勝手に踏むものじゃない

気がつくことができないのです
同じ言葉なのに
言われるとわかるのです
嫌だなと
だけど
言っている時はそんなひどい言葉だなんて
思いもつかず
そう
だって愛情だと思っているので

その隣のだれかのことばかり気になるその人は
そのだれかにばかりふりまわされている

言葉で着飾って
騙せたのは
自分だけでした

言葉を断ち切られた僕は
その先の期待をもすべて奪われた
そんな気になっていた

君の大きな勘違いは
その君の言葉の後始末を
自分でしてきたと思っていることだ

その人の姿で真実が見えるのなら
僕の真実はいったい？

言葉が生き物ならば
消えてしまうこともあるはずだ

ため息さえも
空回りしつづける僕がいる

期待しないことを期待していた
やっぱりと思いたくて期待していた

どうしようもないものほど
知らずのうちに積み重なってしまう

一番むなしかったのは
そのむなしさに
気がつかなかった
言葉の持ち主でした

その人の表情をみて
僕の気持ちが言葉になる

その結果になった理由って
なかなかわからないものだなあ

価値を見いだせないものがある
それはそこに価値がないからなのか
それとも見つける僕の見抜く力がないだけか

評価をするのなら
その評価の対象を見るべきだ

とんちんかんなことを言われると
すごくつかれる

貫けるなんてめったにできない
貫いているつもりはたくさんあるけど

言葉をふりまわした結果
僕は目の前の人との関係をきってしまった

その人がどんな意地を何に対して持っているかで
その人が見えちゃうかも

思い込みも
誰かをまきこんで違う形になることに問題があるのだ

相手を見ないことが
一番相手を傷つけるのだと思う

都合のいい時に
都合のいい言葉なんて口にだせるものでしょうか

幻
その言葉をなぜか素敵なことにしか使えない僕がいる

何もないということは
自分の都合のいいことしか見えてないということです

もう返す言葉のない言葉なんて
いらないのだけれど

もう忘れたのかなあ
君の前から人が去ったこと

自分にはたえられないことを
平気で相手にさせているようじゃ
だめだな

そんなに自信がある君
迷っても意地でも認めないんだろうな

迷うことのない君
そんな君にはきっと
ほしいものなんてないんだろうな

飛んでくる言葉をうまくうけとめ
かわしているつもりだったのに
何だこの衝撃は

僕の言葉を聞こうとしない君の言うことを
僕が聞けるわけがない

こんな虚しさを感じたことのない僕は
いったいどうすればいいのかを考えるどころか
何かを考えることもできなくて

その素敵だなと思える
その人が僕に与える印象には
嫌味だなと思うことはあっても
気持ちを踏み躙られたなって思うことは
ないなあと思う

過ぎゆく時の中で
止まることをしらない時の流れの中で
僕はどこまでこの思い出を
持ち続けることができるのだろう
どしゃぶりの雨のように
降り注ぐ出来事のある日常の中で
僕はこの思い出をどれほど
大切にし続けることができるのだろう

君に似たその人がいなければ
どうなっていたのかなあ
もっと落ち込んでいた
それとも
前と変わらず元気に振舞っていた

君に似たその人の存在は
君への気持ちをゆっくり考える時間を
与えてくれている気がする

似ていることが魅力なら
そうじゃないことは魅力じゃないのかなあ

不思議な感覚なのです
いないと
会いたいと思うことをすぐに諦めてしまうのに
いるとやっぱりうれしいのです

見た目が似ているなって思うことは事実だと思うけど
なんだか人に対する雰囲気も似ていると思うのは
気のせい？

言葉を交わすことがなくても
受け取る気持ちがないわけじゃない
押し付けるより見守ることを選んでくれたと
思える君を見ていてそう思った

たしかに姿だけじゃなくて
隣にいる時に感じる何気なさは似ているかも

心のどこかが
プチッときれて
すべてがかわればいいのにね

今は言葉をしまい込み
見守ることを
選んでくれたその人に心から感謝します

ありがとうございます
いつもいつも失礼な僕に
何も言わないでいてくれて

いつまでも続くことがあるのなら
それがどんなことでも
ちょっと疲れるね

その人はあきらかに
僕にきつい視線をむけてこちらに歩いてくる
だけど
悔しいくらいに
情けないくらいに
他人事であると思う僕がいる

まだいるのかよと思うその先に
待っていてくれている気がして
うれしくなる君がいる

僕は君について
今まで知らなかった何かを知った時
何ができるんだろう

そうだったらいいのにな
でもそうじゃない
たまにはそうだったらいいのにね

僕の努力などではどうすることもできない
何かによってもたらされた奇跡がこの出会いなら
こんな酷なことはない

何気なく過ぎていったはずの日常なのに
なぜか
泣きたくなるような風景にばかり見えてくる

たくさん落ち込んだからいいや
たくさんへこんだらいいや
あとは君のような素敵な人のためだけに
落ち込んで
へこもう

今までの僕は考えるより先に
表情ができあがっていたような
僕は何でこう思うんだろうなんて
考えることもなかったような

突然おそってくる君がいる思い出に
どうすることもできないで
立ちすくむ僕がいる

上書きできないということは
その足跡がたしかにそこにずっと残るということです

大好きな思い出があるのに
ため息のでる思い出で僕が染まるなんて
ごめんだね

無言であること
それは何よりも僕に重くのしかかる

僕はその言葉を聞いた時
はっともしたけどほっともした
そしてほっとしたのと同時に
なんだか気持ちも力もぬけちゃって

たくさん
たくさん忘れたけど
最後に会った日
君が僕に見せた表情だけは
心に焼き付いている気がする

たしか
僕は君と話をして
たくさん笑っていたような……
だけどそれって幻なのかなあ

今思い出しても
思わず笑っちゃうほど
思わず泣けちゃうほど
驚くくらいに僕が混乱するほど
君は機嫌が悪かったなあ

大切だと思える君との思い出を忘れたくないから
どうでもいいことや嫌なことは
全部忘れちゃえ

君が怒った表情を見て
たしかにたくさん悔しかったし
今でも悔しいと思うけど
君のその言葉が忘れたはずの言葉が僕を
いつもかわらない場所から支えてくれている気がする

どうしてなのか
その結果が悲しいのなら諦めもつく
だけど
その結果がうれしい時
どうして僕は
そのうれしいと
そのための虚しいを
一緒にもたなければいけないのか

胸をはって歩く時は
君が好きになってくれるような僕でありたい

君の言葉と行動は
いつもかわらず僕に“プレゼント”をくれる
それは僕を受けとめてくれて
僕の背中をおしてくれるやさしい気持ちだ

そりゃないよ
こんなのないよ
そんな今の僕には泣くしかできないじゃない
僕が悪いなら
何百回も
何千回も
何万回だって謝るからさ
だから許してよ
お願いだからさ

迷惑をかけてるなって思うことが多い人ほど
その人が僕にくれる言葉の数は本当に少なくて……

落ち込めるんだったら落ち込みたい
弱い自分に会いたい
会ったらちょっとは
息抜きになれるから

素顔を見せられるその人を背中に感じ
仮面をかぶって生きなければならないのは
結構きついと思う

もし
あの時僕が泣き叫んでいたら
君は何か言ってくれただろうか？

不謹慎かもしれないけど
いくら何と言われようとも
冷たい目線を向けらても
寂しいとか悲しいとかいうよりむしろ
“ありがとう”という感謝の気持ちが大きくなる

時間は過ぎていくのに
別れの時間は迫っているのに
君と僕は遠くなるだけで
どうしてこうなっちゃうんだろう

なぜ
おわらない
なぜ続くのか
もういいだろう
これ以上
どんな試練があるというのだ

幸も不幸もないじゃない
そこにいないのだから

事実は何気ない表情をしているのに
思いもよらない時にその本性を見せる

おしつけ
その意味をがんばって考えた人は
おしつけたりなんかしない

ためらうことを知ったから
立ち止まって見えるけしきを見ることができた

ちゃんと見なくちゃ
見る価値のないものばかり目についちゃう

理性が
いつのまにか感性という名のブレーキになり
何の歯止めもきかなくなった

都合のいいように解釈するしかないのです
他にどうすることもできないので

これじゃあ
無理だなって思うことも
いつのまにか
無理じゃない人になっていた

この残念だと思う事実が
すれ違いという
たった一つの事実によってもたらされているのなら
それこそ本当に残念だ

意地をはっている相手に同じように意地をはったら
その相手がちょっと見えた気がした

人の表情に魅力を感じる僕は
君の表情にふりまわされている

いつも
どんなことでも
かわす僕は
どこにいった？

ありがとうと言いたい
その君の気持ちを
僕は一度もひろうことができませんでした

偉大な人とは
誰かの心の中で強い支えとなり続ける人のことです

逃げたかったら逃げちゃえ
後悔すら残らないと思うけど

自信をもてたのは
時間の長さだけでした

真実は人の感情を通して
いくつかの事実になる

まあ
よくもここまで
君がかきけされるようなことが続くもんだ

僕が好きなった君は
はじめて僕と会った時
硬い甲羅で覆われた僕の心の隣にふとあらわれ
はなしはじめた

すぐに上書きができてしまう事実は
本来の姿を見つけることも
その一瞬の姿を留めることすら難しい

純粋なものほど
見事なくらいにねじれていくのかもしれない

その一言でわかってしまった
その人に何が見えているかが

誰かをさんざん傷つけていいわけじゃない
やさしさや愛情は相手がそう感じるから
そこにあるわけで
勝手に思っているなら
ただの一人芝居

もう
すっかり忘れたのかなあ

くらべるものがあると
そしてそれが確かな違いだと惨めになった

その相手をふりむかせたいなら
これしかない
権力を誇示するか相手の気持ちをくみとるか

追い詰められた時
攻撃するか言葉を飲み込むしかないのだろうか

気持ちを断ち切れない者への言葉が
一番きつい気がするのだが

気持ちは積み重ねるものだと思っていたけど
最近は磨り減らすものかもしれないと
思うようになった

何もないということは鈍感になってしまった証拠だと
言い聞かせ
疲れることを望んでいたはずなのに
今の僕は
疲れることから抜けだせないのです
抜け出したいと思っても

たしかにうれしい
君に似たその人を見るとたしかにうれしい
だけど
なぜか
うれしさが続かない
すべてがちぎれてしまう気がする

追い詰められたその人には
攻撃することしか考えられなかった

僕には
落ち込むことが
最大のチャンスに思える

いつかまでは
“ありがとう”“ごめん”がなんて
潔い気持ちをもらえる言葉だなあと思っていたが
最近じゃあ
なんだかどんよりした気持ちやしらけた気持ちしか
もらえなくて……

いや待てよ
なんで僕はこんなによろこんでいるんだと思うほど
その時はどんなにきつい事実でも
その事実に価値があるから
こんなにうれしいと思える時間が持てるのだと思った

自信を持って言葉にされると
そうなのかななんて思っちゃうけど
よく考えてみたら
なんか大きく間違っていないか？

その相手にむかって言葉をなくす時
９９.９％が虚しさのためで
０.１％だけは言葉にできないほどの
感謝のためだと思う

どうしようもない僕
ふと救いの神ってどんな顔をしているのかなって思う
見た時
あきらかにそうだと分かればいいが
そうじゃないのなら今の僕には
目の前に現れたとしてもちょっとわからないと思う

今までのことはきっぱり水に流そうと
その人はが言ったので
水に流すものはと自分のまわりを見てみたが
水に流すものが何もなくて……
これってどういうこと？

こんなちっぽけな事実だから
そうだねと
相手を見ながらちゃんと認められる僕でありたい

約束だなんて思わなくてよかった
いくつもの情報の一つだと思っていてよかった
言葉を覆されたとき
そんなふうに思う相手をどう思いますか

僕という人間は
言葉で着飾ってごまかせるほど
甘いものじゃなかった

現実がこんなにもきついのなら
やっぱりそうじゃない思い出は捨てちゃだめだな

たとえ
自分が言ったことを守れなかったことは仕方なくても
せめて
守れなかったことを自分のせいにしてほしいな

きっと
相手を否定する言葉だったり
相手の言葉を断ち切る言葉だったり
相手を虚しくする言葉ばかりを相手の前に並べて
その人の気を引こうとする人は
そんなことでしか心が動かないんじゃないかなあ

違いを強調するためにだけ登場したその事実は
あたりまえのように
当然のように
味気なかった

ためらわなければ
振り向くこともないわなあ

自分の真価が問われたと思った時
振り返る勇気と立ち止まるひたむきさがあれば
けっこう素敵な人になると思うんだけどな

そんなに強くないと思います
自分自身が思うほど
だけど
そんなに弱くもないと思います
こんなふうに
生きているのですから

どうしようもなく落ち込んでいる僕がいる
だけど同じように
落ち込んだからといって
何かが変わるなんてないことを
嫌というほどわかっている僕がいる
そしてこういうことが
どうしようもないことなんだとわかった

目の前にいないから言葉をかけることもできない
かといって
僕には忘れることなんてできないから
ただひたすら苦しむことしかできないんだ

その約束は
守られてから
はじめて約束になるのであって
その言葉をかわした今のところ
僕の中では
日常にある事実の一つにすぎないのです

時々
すごくほっとしたものをもらえる
いったいその人が
どんな気持ちを持っているかなんて
今の僕にはまるでわからないけど

追い込まれた人が行き場を失うのはわかる
でもすくなくとも
その行き場を誰が作ったかだけは
ちゃんと知っておくべきだ

どう考えても
理不尽なことを目の前に
本当に理不尽である人を目の前に
なんだか自分が一番理不尽に思えてきて
しまいには
理不尽なその人をさらに追い詰めていった

ありがとう
とどうしても思えない自分しかいないのが悔しくて

緊張の音が鳴る
そして
その先の過程を見てわかったことは
身近な相手が一番めんどくさいという事実だった

あからさまにひどい態度を見せられても
それがどんな態度であるかということより
そこにどんな魅力があるかで
僕の気持ちは立ち止まる

築き上げたものが崩れ落ちるのは
どうしてこんなにあっけないのだろう

別れ際に見せたその人の誠意が
受け取る僕には故意の事故だった

やっぱりできなかった
その人のようになんて
でも
その人のことがやっぱり気になってしょうがないから
その関係のすべてを断ち切るしかなかった

別れ際に
その人が告げた言葉を
“なにもなあ”
と思えた
僕の中でそんなふうに思えたことが
救いだったかもしれない

日常の中で
“見なかったことにしよう” としたことが
溢れるほどたくさんあった
だけど
本当は
そんなに潔くできるものでもないらしく……
その事実を見てしまったあげく
その事実の主人公になった

そんなこと絶対にいらない
一度も破ったはずのないことが
別れの理由だった

僕のものは僕が選ぶ
君のものは君が選ぶのだ

もしかしたら
一生のうちに笑う量って決まっているのかも

かなわないことへの願いも
最近はやたらと寂しい内容ばかりで

君の気持を感じ
感謝できた今日という日は
僕にとって最高の一日でした

隣に君がいるという事実
僕にとってたくさんの勇気になった

また
どこかのまがりかどで
会えたらいいな

引くにひけない何かが
僕をひきとめる
それでいいのかと問い続ける

上書きされた記憶は
消えちゃうのかなあ

言葉を持とうとしない君の隣で
同じことをしていた僕は
やっぱり君に似ているのかな

こんなのはじめてだ
僕の様子を見透かしたように
忘れそうになると君は僕を苦しめるなんて

失うものがあまりにも多すぎた君との出会いでした

自業自得といいますが
これはさすがにきついでしょう

偶然があるなら
その相手は君がいいな

今の僕がこんなにきついということは
絶対値のむこう側にいたあの時は
そんなにたのしかったんだ

ここまで
僕を追いこんだ人は
君がはじめてだ
まさか
これほど
おいこまれるとは

君が何のためらいもなく“ごめん”といえるのは
自分のせいで
その相手がためらうことを
すぐでもやめさせたいためだったのか

どうりで態度がかわっても
印象がかわらないわけだ

知らないからといって傷つけてしまうことが
たくさんある
こんな残念な事実をも
はじめから君は知っているようだった

その人に甘えることは悪くないと思うけど
環境に甘えるその人に魅力は感じないなあ

やっぱり
立ち直れない人を
責めようとは思わない
縋っていたものがなくなれば
誰だってきついさ

その言葉が行動が
やさしいという感情というなら
どうかどうか僕に見せつけてください
その言葉を
行動を
もらったうれしさで
僕がうれしそうにする表情を

いつまで許されるのだろう
君に甘えているという事実が

それが意気投合の共感なら
最高だね

いつだったかなあ
最後に“うん”と無意識にうなずいたのは

君が無駄じゃないと思ってじたばたすることは
悪くないな

こんな何でもないことでもへこむんだあ
人が参るってこういうことなんだあ

相性という名のもとに
ほんの少しの会話でも
そこに残る気持ちにさえこんな大きな差があるなんて

似ていることで
こんなにも混乱するなんて
思いもしなかった

ごめんね
君はその相手がため息を飲む前に
いつもそう言っていたね

いつまでも
いつもまでも
かわらないでいてくれるとうれしいな

大切にしたかったんだ
大切にすることがこれから先いくつもの
数え切れないほどの
虚しくなる言葉をもらうことと引き換えであっても
これさえ大切にできるならば
何が起こっても
何とかなると思えたから

嫌だって言ったことをしないようにしてくれた
気に留めてくれた
それだけであの時の僕はすごく感謝できたのだけど

君を目の前にした時の僕は
言葉をどれだけ大切にできるかが大切だった
言葉をどれだけ大切にできるかで
どれほど君の気持ちを汲みとれるかということが
決まるのだと思っていた
だから言葉は僕にとってすべてだった
言葉がどれほど情けないものに変化することを
痛いほどわかっているつもりだったから

なんでだろう
あんなにうれしいのに
あんなに笑っているのに
気持ちが続かないのは

そんなことないと
振り切るばかりの僕だけど
君の表情を見ていると
ためらいもなく
僕ってそうなんだと思える
君という人のすごさがここにあると思った

僕はうれしいと思うことで
僕の中の何かを変えたいと思っている
だからうれしいと思うことにしか心動かない
僕という人であり続けたいと思っている
いやそうであり続けられたらいいのになあ

見つけなくちゃいけないのは違いじゃなくて
そのものの本質なんじゃないかな

いつも
とられるものばかりだけど
涙をのむことばかりなのに
君と向き合っている時はそんなことなかったなあ

この場所は
君に似たその人以外
何も興味が持てなかったなあ

君を見て
なぜか思い出した
忘れ物があったことを
そして
君が隣にいる忘れものへの道のりは
悪くなかったなあ

すごい人に会ったけど
知り合いにもなれなかった

その人が君に似ていることで
きつい現実を突きつけられるけど
やっぱりその人は君じゃないから
その現実からは逃げられる
そのことだけは
唯一の救いだと思うのだが
ふとそんなふうにばかり逃げ続けていいのかと思う

周りの言葉にため息ばかりの僕は
言葉を持つことは
そんなに重要じゃないことに思えてきた

風のように隣にいる人がいる
どうしてこうではないのかと
日常を振り返って
ため息がでる

君に似たその人を僕の前に登場させたこの現実は
僕に救いを与えたのかなあ
それとも
現実の厳しさを教えたかったのかなあ

まるちがうその人の行動が君と重なる
何もかも後味が悪かった君がいた事実を
さらに虚しく引き立てる

まったく別の人なのに
その人のその言葉がすごい勢いで
君が目の前にいたという思い出にひきこむ

なんということだ
こんなにもうれしさが続かないとは

君に会わなくなってから
泣きそうになる僕ばかりあらわれる

うれいしいのか
うれしくないのか
かなしいのか
かなしくないのか

君の思い出は
昨日の僕が虚しくても
今日の僕もやっぱり悲しいなと思っても
いつか会えてよかったなって思う時が
必ずめぐってくる気がするから

見ることより先に
言葉が走りだすことがなかった
嫌だっていったことを
絶対にしないでいてくれた
嫌だとそうじゃないことの区別を
ちゃんと見極めてくれた
こんなに
こんなにたくさんのうれしいをくれたのに
どうしてこんなにも悲しいのだろう

絶対の味方じゃないけど
絶対の敵でもない
だから
すごくうれしい

僕が君の言葉を大切に思えるのは
そこにかたむきそうな気持ちをひっしに支える
君の気持ちがあったから

はじめからそうだった
すごくうれしいのに
よろこべない自分がいつも隣にいた
そして
その寂しい自分が
今の僕をここぞとばかりに責め立てる

酷というには
うれしさがたしかにそこに存在したり
うれしいというには
どうしようもないくらいに落ち込む僕がいたり

ありがとね
たくさん
たくさん
気持ちを汲み取ってくれて

もう一度あるのかなあ
思わず疑いたくなるような
うれしすぎる誰かの一言が

いつでも
君とすれ違った時
僕がふりかえりたくなるような
そんな人であってくれたらいいな

気まぐれを
気まぐれにしない君はすごいね

君に会って
話をしたことも
うれしかったことも
みんな幻なら
いいのになあ
こんなに
へこんでいることも
幻なら
いいのになあ

僕はずっと探していたやさしさを見つけた
そしてやっぱりあったんだとわかったら
そうじゃないたくさんのやさしさは
どうでもよくなった

また
僕がへこんでどうしようもなくなった時に
出てきてくれないかな
たのしかった君の思い出が

君という思い出はまるで君のようだ
僕をとことん苦しめたり
僕をとことん励ましてくれる

心のどこかで
消えかかってはまたあらわれる
数少ない君の言葉が
僕の背中を後押しする

歩くたびに
その足跡ばかり気にしていた僕は
君と会わなくなった今
その足跡によりそうように歩いている
これじゃ
いつまでも
前をむいて歩けないじゃないか

この
どうしようもできないものを
どうにかするにはただ一つ
それは全部なかったことにする
でも
それもどうかね

めずらしく
自分の本音があらわれたと思ったら
こんなに未練が残るとは
こんなに始末に悪いとは

あの時
君は僕に“鎌”をかけたのかなあ
たまには
感情を誰かにぶつけろと
いいたかったのかなあ

こんな僕になってしまう
ということは
僕が認めるほど
相性がよかったんだね

今度会った時
今度は認めてもらえるかなあ

断ち切るその関係にどんな関係かは一切関係ない

救われることがないから
救いようがないことだってあるんだ

どうして
その人は
人の嫌がることしかできないのだろう
どうしてその人は相手を否定することしか
できないのだろう
そうか
やっぱりその人はその相手が嫌いなんだ
だって
嫌だと思うことをする相手を好きになるなんて
ありえない
少なくともそれくらいは誰だってわかるはずだから
たぶん

そこで言うかそんなこと
と思ったけど
まあこの人だからね
なんて
その人への期待が僕の中で何もなかったことを
知ってしまった

気持ちを持っている人ばかりではない
気持ちを持たないことが
その人の気持ちなんだとわかった
だからいくらその人の言う通りの行動をしたところで
統一のかけらもない出来事の連続に
誰かの気持ちが救われることはない

なんで
人はそんなに他人の物を奪いたがるのだろう
そんなに人が持っているものが
うらやましいということは
自分の持っているモノには
魅力がないっていうことなのかなあ

僕は言葉を持ちませんでした
その目の前の人は
僕が僕であることを許さなかったので

自分で勝手に期待したのに
自分で勝手にその期待を破り捨てた

僕の気持ちが目の前の風景を変えている
君に似たその人がまるで君であるかのような幻さえ
僕の目の前にくっきりうつしだす

言葉を遮られても
文字だけはきっと生き続けられるから

どうにかできるならどうにかしろ
だけど
その前に
どうにかしようなんて少しも思わない

自分がそうすると言ったことを
その相手がそれを一度も破らなかったことに対して
やっぱりやめたは
あまりにもひどいと思うのだけどなあ

言葉が僕を思い出に
引きずり込む
いつか出会ったことのある誰かの存在が
ここにいるんだと主張するように……

目の前で
先の見えない
まっすぐな道を見た時
人はどうして
そのまっすぐさに素直に感動できるのに
まっすぐな君を見た時
僕らはどうしてそれを素直に応援できないのだろう

情報操作
これが一番単純で効果的
ということは最後の手段でもあるということ

これが自業自得なのですか？
これが神があたえし運命なのですか？
ならばいつか
このどうしようもない気持ちも
なつかしいと思える日がくるのでしょうか

チャンスは人を傷つけるためにあるんじゃない

別れの時がわかった時
寂しくなるなと思えた君は
僕にとって素敵な人なのでしょう

うしなっちゃったけど
なくなっちゃったけど
ずっと僕の中の素敵な
思い出であってくれていることに心から感謝します

どうしよう
だんだんさみしい人間になっていく気が……

君がかっこいいと思った
そして君のようになりたいと思った
こんな気持ちなら何度でも味わいたいと思った

今
結構きついけど
たのしかった思い出が僕を寂しい人間にしているけど
やっぱり忘れちゃいけないと思う
君の言葉や君に会ったこと

忘れたくないんだね
それが
今の僕を苦しめても
思い出でしかなくても

今頃気がついた
君がいた日常は
思い出なんだ
思い出でしかないんだ
でもなぜか色あせない
今でも鮮明におぼえている

“やめた”ばかりの人生
やめないことが
君を忘れないことだとは
悲しいね

何で僕におこった奇跡が
その時代の君なの？

幻だと思えるようになったら
ちょっとはかわれるのかなあ

あの時の君は
“悪いことをした”という表情もしていたけど
何だかうれしそうな表情もしていた
それを見た僕は怒る気にもなれず
なんだか
かなしい気持ちとうれしい気持ちになった

君に会ったことが幻だと思っていたけど
僕にあんな風にうれしそうに笑う君がいたことは
もっと幻だったみたい

気持ちではおわらせたいはずなのに
僕の言葉は
おわらせることを強く拒んでいる

また
日常に君がいる日常を過ごせたらいいのにな

一番きついなと思うけど
一番味方でいてくれる気がする

自分の気持ちを消してまでの思いやりが
そこにあったから
僕はこんなに迷っているんだ

僕はもう会うはずのない君の言葉に迷ってばかりだ
その人の存在する価値って
こういうことなんだろうな

こんなに重くのしかかるなんてしらなかった
時間の流れ
あの時一言もしゃべらなかった君
そして目の前からいなくなった君

はじめから
その結果がわかっていることが本当に嫌だった
はじめから
あきらめる自分しかいないのも
本当に嫌だった

今の僕は
ため息ばかりだけど
うれしそうに笑ったことも事実だ
そう君を目の前にして

たまにはうれしいが
うれしいだけで
おわればいいのになあ

神があたえし運命は
僕をもう一度君に会わせるその時を
あたえるのだろうか

どの道をすすめば
今度君に会った時
笑顔で会話することができるのだろう

せっかく大切にしていたのに
やっぱり僕から離れていっちゃったね

事実を知らないことで言葉を失う
そのことを知っている君は
いつも慎重に物事を見てくれる

君の場合
つめたい態度だからといって
本当につめたいわけじゃないからね

**著者プロフィール**

**遠藤 ユナ**（えんどう ゆな）

神奈川県生まれ。
大学卒業後、時代の流れにのまれながら、派遣の仕事をする。
数回の派遣切りの後、現在の営業職をするも、気持ちも収入も不安定なため、いつまで続くかわからないが、上司が“何かあったらたすけるから”といったので、今はその言葉を信じて、とにかくがんばってみようかと思っている。
この作品は、派遣先の一つで、メモ書きをほめられたのをきっかけに、ノートに書きとめたものをまとめたものである。

**遠藤ユナ詩集**

2012年4月15日　初版第1刷発行

著　者　遠藤 ユナ
発行者　瓜谷 綱延
発行所　株式会社文芸社
〒160-0022　東京都新宿区新宿1－10－1
電話　03-5369-3060（編集）
03-5369-2299（販売）

印刷所　株式会社平河工業社


ISBN978-4-286-11772-0